「蛋白质女孩」在美国

单子恩 著

A proteid girl in USA

上海古籍出版社

图书在版编目（CIP）数据

"蛋白质女孩"在美国：一个东西方教育合力下的成功典范
/单子恩著.
-上海：上海古籍出版社，2005.1
ISBN 7-5325-3999-7

Ⅰ.蛋... Ⅱ.单... Ⅲ.纪实文学-中国-当代 Ⅳ.125

中国版本图书馆CIP数据核字（2004）第135736号

策　　划　田松青　周　蓓
特邀编辑　秦　静
责任编辑　周　蓓
装帧设计　严克勤

『蛋白质女孩』在美国
一个东西方教育合力下的成功典范
单子恩　著

世纪出版集团

上海古籍出版社　出版发行
（上海瑞金二路272号　邮政编码200020）
（1）网址：www.guji.com.cn
（2）E-mail:guji1@guji.com.cn
（3）易文网网址：www.ewen.ec

印制　启东市人民印刷有限公司
开本　890×1240　1/32
印张　6 5/8
插页　2
字数　13.5万
版次　2005年1月第1版
　　　2005年1月第1次印刷
印数　1-5100
ISBN 7-5325-3999-7 / Ⅰ·1769
定价　16.8元

序

张大同

一个月前，接到一个陌生的电话："我是你的学生单舒瓯的母亲，你还记得她吗？……"我思索了大约 2 秒钟，很快就想起来了，单舒瓯是我当年任教的 91 届理科班的一位学生。

91 届是我们学校的第一届理科班，我教了他们三年物理课，单舒瓯同学又是班中的佼佼者，我当然应该有印象。但还有一个重要的原因，我辅导了他们班级的一个物理小组，最后有两位同学获得了国际中学生物理竞赛的金奖，虽然他俩十分优秀，但他们谈论到单舒瓯同学时，总是流露出一种钦佩的神情，给我印象颇深。

一口气读完了单舒瓯父亲写的这本以他女儿的家信为主要素材的书，感慨颇多。她学习如此优秀——在我这个看惯、教惯了优秀学生的教师的眼里，她还是显得那么鹤立鸡群；他对亲人如此深情——在那么繁忙的学习、打工之余，还写了那么多的家信……

细细想来，单舒瓯（包括她父母）对待学习、对待人生的许多观点，对我们现在青少年的教育是很有启迪的。

——学习应该是一个人的所爱。签证时当美领馆的官员问单舒瓯为什么要到美国去攻读生化专业时，她回答："因为我喜欢！"

然后她在美国没日没夜地攻读，从来就没有感觉到有什么苦。当一个人把学习作为他心理上的一种需要（就像生理上需要吃饭、睡觉一样）时，再重的负担他也能非常乐意地去承受，无需减负。

——家长应该给子女创造一个宽松的、积极向上的家庭环境。单舒瓯的学习能力从小就很强，但是她的父母并没有要求她每次都考100分，而是对她戏言：什么时候你不是总分第一名了，我们就奖励你。这是用开玩笑的方式在给她降压，防止她偶遇挫折就无法承受，实在是很高明。

——学习需要一个充满朝气、充满自信、积极奋进的集体。单舒瓯同学十分怀念初、高中在华东师大二附中理科班学习的那段美好的时光，"我们班里随便挑出哪个平平常常的同学都可以走偏天下，现在无论在哪里个个都是拔尖的。"学生成长过程中的互动作用是十分重要的，从这个意义上说，重点中学、重点中学中的理科班对这些优秀学生的成长是十分有利的。

——学生的健康成长需要良好的师生关系和生生关系。"我还是一年级的新生时，一点工作经验也没有而被教授允许进实验室工作，并不仅仅是因为我的分数特别高，更重要的是，在课堂上我会与教授辩论，甚至于顶撞起来，有时还是我是对的，教授认为像我这样的人值得给于一个机会。"大学教授以这样的标准来选拔学生是不容易的。单舒瓯总是经常考第一名，但有一次被一个男孩超过，那男孩还得意地对她说："舒瓯，很抱歉，我代替了你的位置。"单舒瓯有点难过是自然的。事后，她不单是想怎样赶上去，而且想"我为生么会那样难受"，难能可贵！

　　——怎样处理好接受已有知识和培养创新能力的关系。中国的基础教育对学生的知识传授是特别系统、扎实的，这也是单舒瓯同学到美国以后能够傲视群雄的原因之一。但是她认为："我想要发展，要探索，要搞出一些什么来，更有必要让我的头脑里空出一片思考的余地，接受的旧知识越多，思想上受到的禁锢或许也就越多，不管怎样想，总是回到旧的思路上来……"这样来评价已有知识的两面性，是恰如其分的。

　　——爱国几乎是一个人的天性。"在中国学生会上看了两部中国电影《毛泽东和他的儿子》和《开天辟地》。说起来也好笑，在国内从来不看这种电影，在这儿看得很起劲；还有《人民日报》，在国内也不怎么爱看，在这儿定得很起劲。想来我们的血管里流的总还是中国人的血脉，走到天南海北，也总还是中国人。尽管在国内怨三骂四的，可骨子里还是爱中国的；不管中国变成了什么样子，爱国是不需要理由的……"我们的爱国主义教育，不需要大道理的

3

说教，只要我们把事情做好了，全世界的华人热爱母亲的心是共同的。

　　我们国家的历史上有过三次出国留学的高潮。第一次是20世纪初，一大批志士仁人不忍目睹祖国的贫穷落后，受人欺凌，毅然出国寻求救国真理和科学文化。他们中间涌现了我们国家许多第一代领导人和解放前后回国的一大批科学家，为缔造新中国立下汗马功劳。第二次是20世纪五、六十年代，成千上万的青年学生留学前苏联和东欧国家，他们中间的很多人成了拨乱反正后国家的第二、三代领导人和资深的院士，对改革开放后祖国的腾飞做出了巨大的贡献；第三次就是20世纪八、九十年代，几十万优秀的青年人远赴美、欧、日本，形成了规模最大的一次留学高潮。虽然这一批人中现在回国效力的比例还不大（也正在逐渐增多），但是在日益全球化的经济中，在信息化的时代，他们不论人在哪里，都可以为自己的祖国效力，因为他们永远都是"中国人"。

小序

单舒瓯

不 知不觉，离家留美已经十多年了，其间有欢乐也有苦恼。今回首，我还是很庆幸自己选择了这一条路，而且很顺利地一路走来了。

最庆幸的，是我一直在做自己喜欢做的事。说来好笑，我从小就决心做一个有"大贡献"的人。究竟是怎样的大贡献呢？却想了很久很久。最后终于决心要做一个"科学家"。因为科学的使命是在于"发现大自然的奥秘"，在当时的我看来，是很高尚的职业，而当时正处于欣欣发展中的生物化学这门学科，对我更有着不可抗拒的吸引力。这看来很幼稚的想法，虽然在这十几年的实践中有少许更改，但我的"发现大自然的奥秘"的初衷，却始终未变。我喜欢那"推测—验证—再推测—验证"的过程，喜欢得到一个新结果，或冒起一个新想法时的兴奋和激动，也喜欢和同学、同事及导师们切磋讨论、互相启迪的经历。这也是我最想要告诉和我那时一般大的朋友们的：做你们想做、喜欢做的事，不要随波逐流，去单纯地选择所谓的"热门"的行当。谁能预料十几年之后，"热门"的又是什么呢？只有自己热爱的职业，才能做得出色并且快乐。

我也很庆幸自己在上海武宁路小学和华师大二附中所受到的良好的中小学教育，给我在美国的学习和发展做了很好的准备。国

5

内的中小学教育比起美国，要正规、严谨许多，在我最能够汲取知识，如"海绵吸水"般求知的最佳年龄时期，我的老师们教给了我很多的知识，在各方面都打下了扎实的基础。尤其在数理化方面，比起美国的大多数学生要占很多优势，这不仅使我很轻松地应付了美国大学里的课程，而且直到现在，更严谨、更定量的实验手段，更严密的逻辑思维，与其他生物学家相比较，仍然是我最突出的优势。

当然，国内紧张而严谨的教育，也有它的不足之处。对我而言，最大的遗憾，就是没能很好地启发、培养想象力和创造力。当时紧张的课程，繁复的作业，大量的竞赛、训练，留给我很少让自己想象的空间。相比之下，大多数美国学生虽然成绩比我们差，思维却要活跃很多。只要看一下一堂讲座之后的情况，对此便可见一斑了：举手提问的人，大多数是这些"不如我"的老美学生。这也是我最后想要告诉青年朋友们的：不要把自己的时间安排得太紧张，给自己留下一块空间，让想象驰骋，让思维飞跃，培养些工作、课程之外的兴趣和专长。这种能力常常能成为你最宝贵的财富，并最终会让你受益匪浅。

2004.10.6

目 录
MULU

国内篇

前天与×××通了一个电话，倒是有些喜出望外，想来也是近三年没见的同学了。以前，相互之间总是在暗暗地较劲，好奇又有些"敌意"，回想起来也是既有点好笑，又有些怀念。谈话之间，说起以前的高三(四)班，总是很怀念也很骄傲的，怀念的是那以后没有遇到那样一个充满活力与竞争对手的环境了;骄傲的是:他中学毕业后进了上海交通大学，现在进了美国的××大学，都没有对手可较量的了，我们相信我们班里随便挑出那个平平常常的同学，都可以走遍天下，现在无论在哪里个个都是拔尖的。

引子

恭喜你了，是个女的！

1973 年 2 月 10 日晨，我受上帝委托，荣任父亲，女儿舒瓯诞生了。我马上感到这是我生命的又一个起点，父亲这个荣衔，是喜悦更是责任，初为人父，怎样才能成为合格的父亲呢？我时时在思考着。

人说十月怀胎，一朝分娩，女儿却是十一月怀胎，过期分娩，还是医生用了整整一天的催产剂才降临人世的。当时"文革"尚未结束，处在黎明前的黑暗，可能女儿在娘胎里就怕动乱的社会，所以希望晚一些来到人世吧！只是苦了她的娘。

过期产，整整过了壹个多月的过期产，使我们都焦急不安。中国民间老话说，胎儿在母亲肚子里多呆一天，胜过在外面呆一月。虽说这是完全没有科学道理的，但好歹也是一种心理安慰吧。当时我与妻正在五七干校，接受那无止境的劳动改造生活。每天下工，我总要跑到妻的宿舍，了解一下"胎儿的新动向"。每到妻子挤着卡车，坐上三个小时颠簸的路程去产前检查的日子，我的劳动生活也显得无精打彩的，糊里糊涂地插着秧，打发那长长的时间；但每次妻回来，也总说不出什么情况，是正常，是不正常？大男子汉的我显得那么的无能为力。有一次，妻竟一个人昏倒在医院里……我心里想，实在对不起了，妻，我没法替代你，我真该死啊！

终于临产了——"恭喜你了，是个女的！"当时通知我的护士

3

的言下之意是：不爱红装爱武装，"文革"时期，女人地位可高了。我并不理会护士的意思，悄悄离开了产房前走廊。我在产房前的走廊已经站了整整十几个小时，实在有些体力不支了。对我而言，更重要的是女人、男人都是上帝创造的，上帝给我一个女儿，没有给我一个儿子，这是神的旨意，我真心感谢主！女儿红扑扑的小脸生动得让我自豪，我轻轻地喊着女儿的乳名"小芬"，有时她竟然会条件反射地睁开了她的双眼；大大的，眼珠黑黑的，有人说可能是妻在孕期多吃了皮蛋的缘故。她的迷人的双眼有时会随着我的声音而转动，而我这时的神经也随之全部被调动起来了——那种做父亲的感觉真美好。

随着女儿的诞生，忙碌也开始了，当然幸福之下，所有劳累都无所谓。三天三夜不睡也满是精神，尿也不骚，粪也不臭，那时没有一次性的尿布，尿片轮着洗也都是心甘情愿。对我们来说最可怕的是她的啼哭，虽然医生一再强调啼哭不是坏事，但心里听到啼哭声总是又烦又乱的。

该给她取个名字了，有人说给孩子取名字要有时代感，按当时的社会环境，什么"军"、"东"、"红"等最为流行。有人说要讲些金、木、水、火、土，以示吉利，有人说名字只要顺口就行，各种说法都有。孩子未出生时，我和妻子躺在床上就想过、讨论过、争执过，到底是诗意点好，还是实一点为好，土一点好，还是洋一点好，总是定不下来。当时，我正接受着没完没了的"劳动改造"，希望女儿这一辈子过得舒服一些，便先取其"舒"字；另外，我在浙江瓯江河畔度过少年时光，为了对故乡的纪念，于是又取一"瓯"字。于是"舒瓯"便成了女儿的大名。一致通过，没有提出异议，真是顺利。

那还是"四人帮"肆虐的时代，社会的一切被扭曲着，当时正轰轰烈烈地抓着所谓的"阶级斗争"。每天，我们高喊着打倒这、打倒那的"革命口号"，孩子只能放在幼儿园里。记得当时上幼儿园的

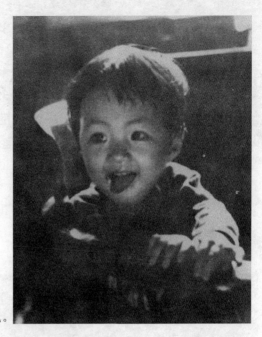

一周岁的女儿。

孩子，很多是脖子上套着家里的钥匙，时间到了，回到家，取下脖子上的钥匙，开了门自己可以进去；天下还是好人多，有的孩子回到家后，靠的是邻居的爷爷奶奶们帮着开了门，他们毕竟是幼儿园的孩子啊！我的女儿，因为幼儿园离家的路比较远，只能在幼儿园门口呆着，等待着家里人来接她。

　　由于孩子降临人世，领导开恩让我们暂时回到了上海那简陋的家，重新开始有了一个完整的小家庭。女儿聪明活泼，会唱会跳，给我们压抑的生活带来了无比的快乐。不过，当时与之相关的一件事却也让我印象深刻：一天晚饭过后，女儿在跳着一个刚从幼儿园学来的舞蹈"痛击右倾翻案风"，舞姿硬硬的，与小女孩活泼可爱的神情，显得极不协调。我看了心里烦烦的，怎么连三岁的孩子也卷入了"阶级斗争"，想想真可怕。但又不能说出口，就说："睡觉吧！我们不跳了。"

在女儿三岁时，"四人帮"被打倒了。我意识到中国可能会有所转机，事实也不出所料，在女儿上学之后，中国出现了惊人的变化，她幸运地在改革开放的春风下成长。女儿本性好学，还不到学习的年纪就有着强烈的求知欲望。从幼儿园回来的路上，女儿每次总要问路牌、店招上的字和词，起初我只是随随便便地指念给她看：这是"群力草药店"五个字，这是"广东路"三个字，这是"南京路"三个字。不料，不知不觉中她都记住了。上小学时，一次她感冒发烧，我抱她上医院，并告诉她："明天在家休息，不要上学了。"她竟顿时又哭又闹，坚持发烧也要去上课。我看着她满脸眼泪、痛苦乞求的神态，当时真不忍心拒绝她，同时心里忍不住嘀咕，哪有这

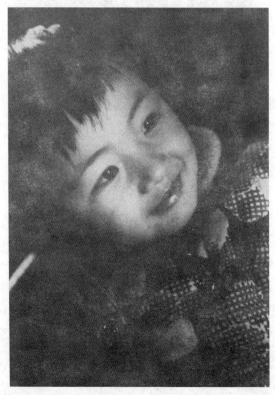

三周岁的女儿。

样的孩子？不是为了要吃巧克力而哭闹，却是为了要去上学而乞求……小学毕业后她被保送上全国重点中学华东师大二附中，初中毕业后，她又直升华东师大二附中高中重点班，高中二年级时她去参加托福考试，获得了近乎满分的成绩……

于是女儿横跨太平洋，来到美国，她选择攻读生化专业，在马里兰大学三年学完了全部课程，以优异成绩毕业。大学毕业后，哈佛大学、斯坦福大学等美国名牌大学录取她攻读硕士、博士，整个过程真可以用"一路春风"来形容。她在斯坦福大学博士毕业时，在斯坦福大学附近山景城租了房子，邀请我们夫妻俩参加她的博士毕业典礼。

我们很快得到美国大使馆的赴美签证，飞越太平洋，来到了女儿的山景城新居。这是一幢木结构的住房，草地上不时有小松鼠和我们捣乱，与大上海闹市好像两个世界，大上海摩肩接踵的情景竟然很快只能在脑海记忆中回味了。世界是五彩缤纷的，有繁荣的都市，也有宁静的山庄，各有味道吧!

女儿的成功让我们沾了不少光。我很感谢当时迎接她来到人世的的护士的一句话："恭喜你了，是个女的。"在她将要戴上博士帽的前夕，我沉醉在幸福中，幸福不是有多少财富，而是女儿的博士帽上的闪光亮点。

博士毕业后，女儿在U.C.S.F.(美国加里福尼亚州立大学旧金山分校）做博士后。

人类跨入了21世纪，女儿也走过了整整30年的人生路程。不久前，她又应邀赴瑞士参加诺贝尔总部召开的一次学术聚会，这也是作为一个学者的一种特殊荣誉。

女儿的成长，也改变了我命运的轨迹，我一次又一次前往美国，看女儿、看美国……

童年的记忆

从武宁路小学到上海华东师大二附中，女儿在国内接受了整整12个年头的基础教育。

我们感谢女儿在中国受到的良好教育，美国大学中的一些课程，女儿在中学时代已经学过了，在去美后的来信中她多次说起："真要感谢中国的教育了。"这是女儿发自内心的肺腑之言。与美国学生竞争，女儿靠的是成绩，这良好的成绩，靠的是在中、小学时代打下的扎实基础。

女儿留学了，在旁人眼里我的头上似乎有着一道光环，不时总有人问："你是怎样教育孩子的？"我不知怎样回答好，因为路在她的脚下，世界在她的眼前。

回想起女儿的成长过程，真是千姿百态，我摄下了那一张张成长中的瞬间：拉小提琴的，读书的，喝汽水的；逆光下的身影，高调处理的素描人像；稚趣、童真……翻开一本本照相册，那是一幕幕生活的写真。

记得在女儿降临人世不久，我总是围着她玩啊，耍啊！记得《红楼梦》第二回中有这样的内容："那年周岁时，政老爷便要试他将来的志向，便将那世上所有之物摆了无数，与他抓取。谁知他一概不取，伸手只把脂粉钗环抓来。政老爷便大怒说：'酒色之徒耳！'因

女儿与她妈妈一起玩积木。

此便不大喜悦。独那史老太君还是命根子一样。"这指的是对贾宝玉的抓周测试。于是我也受到启发，也算无谓的作乐吧：我们在女儿周岁的那一天，也在桌子上放了各种物件，有玩具、杂物、文具等，还有一本不起眼的小书，也想看看女儿抓哪样？结果女儿伸出小手去抓了那本小书。当时，我们心中一喜，但又觉得可能是她误打误撞，随即我们把桌子上的物品挪动位置，把小书放在桌子最远端的边角，对女儿进行第二次"测试"。谁知，她竟爬过桌面，再次去抓取那本小书。政老爷看到宝玉"伸手只把脂粉钗环抓来"是大怒，我与妻看到女儿喜书爱书的可爱劲真是满心欢喜。妻说："女儿那么喜欢书，将来肯定是个做学问的人。"

红楼梦的故事也许是虚构的吧！画家丰子恺的长子丰宛音的回忆却是真实的：

祖母说：你父亲周岁时，家人把各种花花绿绿的玩物和文房四宝，放在一个竹匾里，我抱着他去抓。你父亲小手单拿起一支笔来! 人群立刻发出哄笑声。有的说："这孩子将来一定喜欢写字读书的，很有出息!"也有人说："他大起来一定会中举，做官。"

丰子恺长大后，科举早已废除，但他果然与笔有缘，成了画家。看到如今女儿成了博士、博士后的现实，总使人想起当年那场女儿的抓周游戏。后来说给长大了的女儿听，女儿也笑了，她说："我真的喜欢书，书里有个精彩的世界。"

女儿还在牙牙学语的幼童时，就经常拿着一本又一本小人书，让我们讲书中的故事，讲了一遍又一遍。后来，她能看书了，就总是拿着一本又一本书，爱不释手地看着。

小时候的女儿，成绩一直很好，好到作为家长的我们不能接受。看到她的成绩往往会想，这是真的吗? 她常常考满分，而且往往是班级或年级第一名。有一次某门课没有满分，老师扣了几分，她回到家里就哭了，说："我是能做出来的，粗心了，太可惜了。"我们总是安慰她说："懂了就行，不在乎这几分。"不料她反而"教训"我们说："哪有你们这样的父母，应该教育我今后不要粗心才对。"好像她比我们更懂得怎样教育似的。

女儿在小学一年级第一次得到第一名的时候，我与妻商量着是否要奖励一下女儿，我想大人在工作单位当时也以表现好坏，成绩优劣拿奖金，怎能不奖励女儿呢? 于是我们问女儿，想得到什么奖品，不料女儿却说："得第一名是应该的。"后来她考虑了许久才说："要奖励就买本辞典吧!"于是一本父母本该买给孩子的辞典就成了女儿的奖品。从那以后，女儿也一直没有得到过我们的奖品。

当时，我们经常是开玩笑地对她说："什么时候你不是总分第一名了，我们就奖励你。"一次，她的同学们来家里玩，说她有个绰号叫老母鸡，乍一听我们很生气，小小的女儿，怎能被人称"老母鸡"

四周岁时与母亲摄于中山公园。

呢？后来知道了缘由，心里才有所释然，女儿的日记中是这样记载的："从小学起我就一直考满分，一个又一个100分，遥遥领先，害得同学们都叫我是一个会生0（蛋）的老母鸡了。那时我学得很轻松也很自信，几乎没有什么难倒我的，就这样，一帆风顺地进了全国最好的中学。"

每当女儿得到好成绩之际，总是想起她的老师们。

尤其值得我回忆的是那位武宁路小学的班主任陈银凤老师，当时她给我的印象是已值中年，短发，发哑的嗓声，一副疲惫的神色。

陈老师经常对我女儿说："你不仅要看你这一次考试得了几分，更要看你这次考试是班级第几名，是年级第几名，这一次考试比上次考试排名提前了多少。"正是在这样的气氛下，学生们都铆足了劲，

幼儿园时代的女儿。

暗暗地在较劲，使女儿从小就有了竞争的意识。

　　四季轮回，四季有书。花香会渐渐淡去，唯有书香永留。翻读一本好书，细阅一篇佳文，其实就是一种寻求与自己内心对话的方式，它的快乐和欣悦是轻启书扉的那一瞬间就开始了的……小时候女儿就很爱看书，若想解"馋"的话，就进书店、图书馆，泡上半天，"饕餮"一番了。

　　蜂以采花，故能酿蜜；蚕以食桑，故能成丝；人以读书，故能养气。气者，成功者之源也。读书，使女儿走上了一条成长之路，而且文理课齐头并进。在小学的时候，她的一篇作文《爸妈眼睛中的我》，就发表在《全国优秀小学作文选》上。说起爱好，女儿爱好可多了，她喜欢游泳、喜欢旅游、喜欢养花种草，特别喜欢文学。

　　我喜欢书，曾经拥有不少的书，是那场"史无前例的大革命"革去了我那么多书的命，让我心疼得像割肉似的，面对空空四壁，一阵阵恍惚。时隔三十多年后的今天，我竟然又有了一个像样的书斋，搬了几次家，家居的面积一次比一次大，所要搬走的也书是一次比一次的多。书画名家钱君匋为我的书房题了斋名"独有斋"，因为有的书别处已很少见了，那些书有的是我啃着冷馒头从几十元的工资中硬挤出零用钱买的，花了很多时间从各处收集而来，属于我独有的藏书了，我是如获至宝。后来，那些被革命掉的书有的陆续回来了，那线装的《红楼梦》，那光绪年版的《芥子园画谱》，那吴大澂先生的《愙斋集古录》，赵子谦印集等等，在我众多的文化人朋友中看来是不可多得的宝贝。有了这些书，有了书斋里顶天立地的七斗书柜，好书赖书凑合在一起，用来冒充一下文化人还是足够的。在书房里，我仿佛看到了庄子、孔子、林语堂、徐志摩、张恨水、雨果、但丁……正慢慢向我走来——真是一卷在手，其乐无穷啊！书能滋养精神，陶冶情操，也陶冶出一个爱读书的女儿，使她走上了一条读书求学问的道路，她经常在书房里一呆就是几个小时，她说"书本里的世界更精彩。"

女儿读《红楼梦》后，写下了以下读后感：

> 一本《红楼梦》使多少人拍案叫绝，令多少人辛酸泪下，正所谓"满纸荒唐言，一把辛酸泪"。从小到大道听途说的也知道了不少，自以为其中梗概皆知了，说起来也头头是道，然而到现在年已十五了，才第一次认认真真地捧起书来拜读，只觉得余香满口，回味无穷，只恨自己为何早不拜读呢？……读着《红楼梦》，令人最深刻的感觉就是美，然而最终又是令人辛酸的是美的毁灭。……

每当我重新翻开那线装的《红楼梦》时，读到那精彩的章节，读到人物命运的描绘时，我也会发出和女儿一样的感叹：红楼梦的深刻在于美的毁灭。俗话说："少男不看《水浒》，少女不看《红楼》。"女儿从小性格内向，不善言辞，但想得挺多，我们担心她早早地看了《红楼梦》后，会受儿女私情等片面影响，所以直至初三才允许她详读红楼。

一本书是一个天地，让你遨游。读名著、读散文，渐渐地女儿读的书多了。还在小学时代，就在她的床头安了一个简陋的只能放四层书的小书架，书架上放着她爱读的童话、小说、英文原著、参考书……那本《全国优秀小学生作文选》也安放在这小书架上，作文选中有她的那篇《爸爸妈妈眼中的我》的作文。今天，每当我再次读这文中的字字句句时，仍然有些兴奋。她在作文中说："世上的爸爸妈妈都爱操心，而我的爸爸妈妈可以说是最爱操心的了。在他们的心目中，我永远是个三岁的孩子。"真是的，在她已经是博士后

小学时代的女儿。

的今天，有时候我们仍把她当孩子一样为她操心着。作文中又说："去年暑假，我参加了学校夏令营，第一次摆脱了父母的唠叨，感到特别快活，可当天晚上爱操心的爸爸妈妈又来了。"记得那一天突然冷空气来了，我们担心女儿晚上着凉，就送一条毛巾被去，想不到女儿的感想是"唠叨"。她还在作文中说："你看，这就是我爱操心的父母，在他们的眼里，我永远是只还未出壳的小鸡仔。他们必须永远保护着我，为我奔忙，为我操心。"在这篇作文中，字里行间反映出一个少女在成长过程中要求独立生活，独立思考的强烈欲望。女儿的作文提醒了我们，不能只有爱的愿望，更要有爱的方法，尊重孩子，才是真正的爱，那以后，我们就尽量多与她交流、谈心，使自己成为她的朋友。我们总是跟她说："我们不但是你的父母，也是你的朋友，我们之间要成为无话不谈的好朋友。"

女儿小时候也有一段学习小提琴的经历。妻的工作单位是电影乐团，乐团职工的孩子，学一样乐器是近水楼台先得月，可以请到优秀的演奏员当老师。当时社会上，知识还没有成为先进生产力，学一门乐器是很时髦的，让女儿学小提琴是我们的初衷，于是，在女儿六岁的时候，就开始了小提琴的学习。每周我妻陪着她去张老师那里上课，回家后就监督她练琴。但是女儿对拉琴并不感兴趣，开始时每次练琴总是这里挠挠、那里抓抓，不是一会儿要上厕所，便是不停地揉眼睛，规定的一小时练琴时间倒浪费了不少。后来想这样不行，她这是在磨时间，就要求她每天每个练习曲必须拉几遍，打这以后她练琴的时候再也没有出现上述的那些坏毛病了，每天把练琴的任务完成后，再去做自己感兴趣的事。直至她升到六年级时说我不喜欢拉琴，这才中止了她的学琴"生涯"。由此可见让孩子去学习自己不感兴趣的东西，对孩子来讲是一种"折磨"，最后也不可能有所收获。在她的相册里她的那张拉小提琴的照片，只能留下当年那段时间的回忆了。记得在她上中学时，我曾问她："你觉得什么最难学？"她回答说："小提琴。"也许是她不感兴趣的东西最难学，也

拉小提琴的女儿。

许小提琴的学习难度真是那么高，所以她对于学校里的功课能那么轻松地应付，却没能练好拉琴。可见能拉一手好琴是多么难呀！听音乐是一种享受，拉琴是一种劳动、一种创作，没有哪一种成功是不需要付出艰苦努力的。也有人说，虽然没能拉一手好琴，却培养了她的音乐修养，开发了她的智力，是焉？非焉？谁说得清呢？后来每每谈起张老师，女儿总是说："张老师可严格了，音准、节奏、姿势不能错一点，也练就了我学生时代认真的习性。"

光阴荏苒，过去了二十多年的往事，如今好像还历历在目，张老师至今仍与我们经常来往，每当忆及当年教琴识谱的日子，她就会说："想不到我教的小琴手，是一位今天的生化博士。"还开玩笑地说："也许没有那段学琴的日子，今天她也不一定能成为博士了。"是焉，非焉，更是谁也说不清了。

2
中 学 情 结

从小学起女儿的成绩总是遥遥领先，学得很轻松也很自信，并一帆风顺地直升到全国重点中学上海华东师大二附中。进中学前，我们跟她说："现在你读的中学是全国最好的中学，她的生源也是最优秀的，所以你只要争取班级前 10 名就可以了。"进中学后，女儿果然发现许多同学聪明极了，几乎个个才气逼人，所以并没有要求自己仍然要争取第一名。然而第一次期终考试下来，她的成绩却又是年级第一，而且之后连续几次又都是第一。但这使她背上沉重的思想包袱，她在随笔中写道：

要考好一次是不难的，难的是要一直保持前列。我尤其害怕自己下一次，再下一次……考得不好而落得个"骄傲"、"退步"的批评。攀爬得越是高，从上面跌下跟头来就越是惨。何况我始终觉得自己实在是不如许多其他同学，只不过是考试时运气比较好罢了。就是怀着这种心情，初一、初二，……直到高中，我经历了一场又一场考试，也许一半是靠我的努力，一半是凭我的好运气，我终于没有考砸过，似乎大都是总分第一。然而，每次的成功，都在我心上增添了又一层压力，因为我更怕下一次、再下一次的"考砸"了。

那时我们也总是担心她，如果考不了第一，心理上是否能承受

17

这种打击，因此我们平时总是劝导她："在小学时，只有语文、英语、数学三门课，所以保持第一还容易；中学的课程有很多，一个人的精力又是有限的，一直保持第一名并不现实，也不可能，第一名毕竟只有一个，它不可能永远属于一个人。""分数并不能完全代表学习的好坏，对于知识只要理解就可以了，学习只要尽力就对得起自己

中学时代的女儿。

了。""现在学习分数高，并不代表将来工作一定有好成绩，很多学习成绩高分的人，他们在踏上工作岗位后表现并不出色，所以学以致用是最重要的。"还有一次，她与妻边爬楼梯边说："妈妈，我现在觉得很危险，我在学习上就像踩在钢丝上一样，一不留神考试成绩就会掉下来，就要粉身碎骨了。"妻立刻劝慰她说："你这个比喻不对，在学习上的竞争，是一种你追我赶的现象，就像我们现在在爬楼梯一样，今天你爬在最前面，明天可能别人比你爬得快，后天你再努力一下，又赶上别人了。所以这绝对不是走钢丝，也不存在什么粉身碎骨的危险。"对于这个问题我们在平时也经常半开玩笑半认真地说："什么时候你不拿第一了，我们奖励你。"总而言之，我们希望通过各种方式使她在精神上、心理上能得到健康的成长。

女儿一次又一次考试成绩获得第一，一次又一次的满分，在旁人看来，大概是"三更灯火五更鸡"，定然如苏秦刺股般地苦读。其实不然，从她读小学、初中一直到高中毕业，在我们身边生活的日子里，她晚上睡觉的时间总是在九点左右。在华东师大二附中时，由于要赶到学校里去上必需的早自修，早上起得比较早。她通常六点不到就起床，起床后到小区附近跑步一圈，然后吃了早餐骑自行车去学校，路上需花45分钟;下午回家后先做功课，六点至七点是晚饭休息时间，那段时间是我们一家最快乐的时候了——一家子围坐在饭桌旁，边吃晚饭边聊天，我们兴趣盎然地倾听着她一天的快乐和烦恼:她担任了中队长，又担任课代表，春游准备到绍兴、杭州……常常她也对妻烧的菜评头论足一番;有时还会在放学回家路上买回来一大袋廉价的苹果，让她母亲做苹果酱，给她早餐时涂在面包上。一般女儿七点后就回到写字台前，或做作业，或看参考书，或看小说、散文，九点以后就上床睡觉了，很多功课的作业，都是在学校里完成的。每到考试前，她会系统地复习一遍，考试的前几天，一般都是比较轻松的，放学后回家总是看看小说，或者看电视，与我们说说话聊聊天;如果正好碰上星期天，她总是建议我们一起到公园去散散心放松一下。记得有一次，周一是大考，周日她则安排去了松江的佘山玩了一天。这种考试前彻底放松的习惯，一直保持到现在。

也许是受了"读万卷书，行万里路"思潮的影响，为了开拓她的眼界，多多接触社会，旅游一直是我们家的特别节目。到北京、到杭州，是我们的长假"大餐"；去温州、去雁荡山，是我们的周末"小酌"。中学时代，女儿已是花季少女，去大连、去哈尔滨、去太阳岛……壮一下胆子，在朋友帮助下，有时是她一个人背包独行。短暂别离后的相见，看到女儿黑乎乎的脸庞，风尘仆仆的身姿，使人感到煞是可爱。一次，回到家中，问及她旅途花费时，才知道她口袋里只剩下5毛钱，计算得够精确的，稍有"不慎"，可能就回不了家，成为流浪者了，所以女儿也真够胆大，比起小时候那胆小怕事的样子，也算是收获不小。她常常向我们讲述很多很多的旅途见闻，有的见闻竟是我们也未曾遇到的。记得她在旅途的小拖轮上，看到卖唱的小女孩，曾使她感叹不已：

　　使我感动最深的是一件发生在轮渡船上的事。在船甲板上，一对母女俩拉着胡琴卖唱，母亲的琴声实在不敢恭维，女儿的歌声也绝非悦耳，那才五六岁的女儿，尽管打扮得花枝招展，但看着她唱歌、收钱，仍叫人想起电影里旧社会的卖唱艺人。这件事让我好不惊讶，也为那个小女孩难过……

北京颐和园、昆明湖、故宫都使她感受万千，中华民族啊！唯有不断自强超越，才能永远做一个屹立于世界民族之林的佼佼者。在她的随笔中留下了不少旅途的印记：

　　浓绿的万寿山，耸立在碧波涟涟的昆明湖之上，山上朱墙黄瓦的精美建筑，金光灿灿，点缀在湖光山色之间，特别是山前的长廊，蜿蜒曲折，穿花拂柳，宛如一条彩带飘荡在

中学时代的女儿。

青山绿水之间。若以万寿山为近景，西堤、玉泉山就是中景，而园外数十里的西山群峰便是远景。山外有山，景外有景，水阔天空，层次分明，融成一片壮丽的景色。面对此情此景，我犹如置身画卷之中，真有"人在画卷游"之感。

出外已经十多天，我身处最北边的哈尔滨，心却在千里之外的南方大上海，一封已被激动揉皱了的信，紧紧地攥在微湿的手中，郑重地投进了邮筒。哦，信啊！你寄得快些，再快些吧，早点儿把我的一片思念之情，带到妈妈身边。

……直奔主峰——鬼见愁，或许是猜想，或许是因为它特别陡峭，这鬼见愁让人望而生畏。今日一试，果然地势险峻，攀登极为不易。山上并无公路，只有那些在密林丛中，"走的人多了，便成了路"的土径、石道，又窄又陡，一路上我只好

21

四肢并用，扒着树根、草石向上爬，道旁带刺的树木一个劲儿地扎着我的手脚；稍不留神，踩在松动的石块上，还差点儿滑下山去。虽然山风在林间沙沙作响，骄阳也躲进了云层，可我们还是汗流浃背，满脸通红。在气喘吁吁、挥汗如雨的攀登中，唯一的奢望便是那仅有的一次在林间泉畔的小憩，吹吹清风，消消暑气，咬一口冰棍，换一口清凉，随后，还是一股劲儿地攀登，攀登！一路上，还碰到三三两两的下山游人，我们可是"反其道而行之啊"！我边喘气边兴奋地向后嚷着："这才是乐之所在呢！"

女儿在华东师大二附中终于毕业了，她在美国马里兰大学读书时，仍然深深感到中国的中学教育给了她扎实的基础，她的同班同学不少也去了美国，对上海华东师大二附中这所学校，大家无不深深怀念，同时又感到很骄傲。

女儿来信说：

这星期收到中学里一个同学的信，他比我还早离开中国，到现在三年多未通音讯了，能和老同学联系上真是高兴。昨天又收到二附中寄来的校刊和校报，是庆祝学校35周年的，看着那些照片上熟悉的人影、建筑、人名，一边回想着当年的情景，心里有说不出的留恋和感慨。这次回国也真想回二附中看一看，阔别三年的母校，现在究竟怎样了？当年指导我们的老师们，还有和我一样做着美丽的梦、憧憬着未来的的同学们，现在又是怎样了？

又：

收到二附中×××同学一封信，他已被美国××大学录取，这也是一个很名牌的大学，打算读双学位，从一年级开始读起。奖学金虽然没有拿到，却有19000美元的贷款，和约一年2000美元的工作收入，他能申请到好大学并有资助是意料中的事。倒是×××（另一个二附中同学）那样不如意的情况使我很意外，不知他现在怎样

22

了，我上次给他寄去马大的申请表后，就一直没有同他联系过，估计此事十有八九不成功的，那样的人才遇到的却是这样的遭遇，实在是为他惋惜，命运有时竟是这样不公平。

又：

前天与×××通了一个电话，倒是有些喜出望外，想来也是近三年没见的同学了。以前，相互之间总是在暗暗地较劲，好奇又有些"敌意"，回想起来也是既有点好笑，又有些怀念。谈话之间，说起以前的高三(四)班，总是很怀念也很骄傲的，怀念的是那以后没有遇到那样一个充满活力与竞争对手的环境了;骄傲的是:他中学毕业后进了上海交通大学，现在进了美国的××大学，都没有对手可较量的了，我们相信我们班里随便挑出那个平平常常的同学，都可以走遍天下，现在无论在哪里个个都是拔尖的。

女儿在二附中高中时，是一个重点班，她班上的同学都是相当优秀的，特别是某些单科成绩，比我女儿还突出。女儿信中提到的这两位同学，曾获得奥林匹克数学竞赛大奖，一时成为当时的新闻焦点。这些天之骄子不约而同地都来到了美国，他们之间似乎有说不完的话：

现在班里同学来美国不少，有的是毕业以前来的，也有的是毕业进大学后来的，现在一个个都在MIT 、Berkeley……他说，暑假里××还和×××找过我，结果我原先住的地方特别难找，兜了一个多小时，找到了，又发现我已经搬走了，好遗憾! 我也觉得很遗憾，相信以后还有机会。

读着这些信，女儿在中学时的同学，似乎有些熟悉的身影也在我脑海里出现了，都是一些了不起的莘莘学子啊!

记得一次，他们不约而同地在回国探亲之际，又都聚到了华师大二附中，他们感叹、留恋、怀念着已逝去的同窗生活。他们憧憬

我和女儿的合影。

着未来，又交流着今日天南地北，海内外闯天下的各自经历。过去学习上的劲敌、对手，今天重又相聚，显得那么亲切、友善，年轻的生命里积聚着的精力，好象一下子要释放出来一样，闹着、跳着、唱着，连一向文文静静的女儿也情不自禁地闹了好一阵子，直至很晚很晚才回家。

只身在外的她，思念着曾经与她一起度过少年、青年时代的同学和老师。女儿对二附中的深厚感情，从她的随笔《我漫步在金色校园》可见一斑：

　　　　在诗人的眼里，秋天是成熟，是一首忧伤而怀恋的散文诗。秋，在校园，在学生的眼里，是什么呢？
　　　　我随秋风来到操场，乍寒还暖的秋风吹过运动员的身边，拂过辛勤锻炼学生的面庞，那一个个矫健的身姿，在跑道上飞奔，在高低杠上翻腾，在球场上奔逐，充满蓬勃的生机、青春的活力，似在向人们炫耀着青春——人生春天的美好。
　　　　秋风带我走进一个肃静的世界——阅览室。这里是知识的殿堂，智慧的海洋。不畏艰难的同学们正争分夺秒，抓紧着青春的大好光阴，如海绵吸水般在书本中汲取着知识的养料，如攀登险峰般在智慧的崎岖山路上前进。

秋风带我走进教室，这里有老师倾心的传授，妙趣横生的讲解，这里有同学求知的目光，勤奋的笔记，有热烈的讨论，有沉静的思考，如同在知识的海洋中遨游一般，每个人都进入了神妙的境界。

秋风带我来到考场，满眼只见埋头笔耕，或偶尔地侧首思考;满耳只听见沙沙的书写声，那份聚精会神，那份专注认真，使我不忍打扰。

秋风和我一起驻足在花坛边、苗圃里，众花虽谢，秋菊却争相怒放，缤纷满目，常青的树迎风婆娑，姿态万千。远眺沸腾的操场、明亮的教室，勤奋的同学们，秋风不禁感叹:为什么这里永远充满春的生机?

秋来了，在我们的校园。而我们的校园呵，无论无时都有春的风采，有无限的生机，因为呵，这里有青春，有奋发，有希望，有着青春的璀璨!

每当我在上海，有机会路过中山北路苏州河桥时，我总要有心地留意一下这所好学校——华东师大二附中，正是它给我女儿打下了扎实的基础。我曾多次徜徉在这所学校的草坪、教学楼，参加一次又一次的学生家长会，哪怕能聆听老师的只言片语也好。这教学楼虽然不怎么起眼，但教出了一批批的好苗子，正像女儿所说的:"我们班里随便挑出哪个平平常常的同学，现在无论在哪里个个都是拔尖的。"今天，华东师大二附中仍然是一所全国重点中学，并迁至了上海浦东，造了新校舍、新教学楼，听介绍、看报纸介绍，与女儿当年在校时相比，肯定是日新月异了。真希望有朝一日，女儿来上海探亲时，还能一并去瞧瞧。

3
琅琅学英语

翻开今天的报纸，顿时感到时代不同了，留学广告、学外语的广告铺天盖地："日本留学的成功起点"、"高中生赴英大学直通车"、"新西兰留学从这里开始"、"赴澳留学新途径"。打开你的信箱，家教小广告也是经常收到："静安××，圆您高分梦"、"百分之百记单词"、"××助你轻松过关"、"使你金榜题名"……

回忆孩子的成长，当时还没有为孩子请家教的风气，我们的收入也不容许我们为女儿请家教去帮助辅导，女儿的成绩也使我们感到放心，不需要去花费这笔费用，但曾有过一位英语课外老师，实在值得好好写上一笔。

说起请英语课外老师，这里还有一个小小插曲。女儿在升小学五年级的时候，我们接到学校开会通知，说是女儿的这个班，被安排为学习俄语的班，学校讲了一大通学习俄语必要性的道理。我从小学俄语，由于众所周知的原因，我学的俄语长期得不到应用，现在几乎已全部忘掉。为了避免"旧事重演"，我们把女儿转学到了江苏路第五小学的英语班。江苏路第五小学从三年级就开始学习英语，于是妻被迫成了女儿英语的启蒙老师，临时抱佛脚地教女儿ABCD，好在小孩子记忆力好，很快就跟上了。为了能让女儿的英语水平更超前一步，于是我们想到给女儿请个英语课外老师。

妻一个同事的丈夫，是一位英语教师，姓闵，我们总尊称他闵

上海武宁路小学毕业（85年），与班主任陈老师、数学俞老师在一起。

老师，他家当时就住在我家附近。这是一位自学成才的英语老师，非常有个性，对学生的教育自有一套办法。作为一位学风非常严谨的老师，对学生的要求相当严格，学习进度也很快。记得有一天，闵老师突然到我家来，我以为是来串门的，但让我们大吃一惊的竟是告状的，这可是破天荒的纪录，因为竟有老师上门告女儿的状了。他说："现在小芬（女儿的小名）来背书，她背得不够熟，有的地方打'夹伦'（注：上海话，意指不流利，疙疙瘩瘩），我的要求是要背得滚瓜烂熟，不可以打'夹伦'。"事后，我从女儿那里了解到了闵老师的教育方法。女儿说："闵老师每次上课结束后，就叫你预习下一课的课文，包括查生字，做课后练习，并且背熟课文，到下一次上课时，先汇报背课文，然后就把自己在预习过程中那些不懂的地方提出来，他进行讲解，再提问，看你是否理解。" 我对女儿说："闵老师说你课文没有背熟，上门告状来了。"女儿说："我不知道他的要求，我以后上课时背得滚瓜烂熟就是了。"从那以后闵老师再也没有找上门。我当时心里想，闵老师的这种教育方法应该是对成人的，对像女儿这样的小学生是否适宜，女儿是否能跟上闵老师这种教育方法，在我心里实在还有些疑问。

但女儿就最欣赏闵老师上课了，她说："闵老师上课的时候，从来不说一句废话，也很少说重复的话，不像学校里上课，总是反复又反复地讲。""在他家里上课，从来没有什么事或什么人来干扰影响我们上课的，不像有的老师经常讲些课外的事情，浪费我们的时间。""闵老师教的英语很有趣，很多内容都是学校没有的。"

在闵老师这位严师的独特教育下，女儿三个月的时间就学完了全部初中英语，接着就开始学习新概念英语第二册，上初中时，又开始学习新概念英语第三册。到了初中二年级，闵老师对我妻说："新概念英语第四册的内容，全是政治、经济、哲学方面的知识，她（女儿）的中文基础和思想还不能领会、理解，所以第三册教完后就结束了，以后，就让她多看些英文原著吧！"至此才结束了女儿四年有"家教"的历史。

早在小学六年级开始，闵老师就布置女儿看英文原著，书本从薄的到厚的，到中学时，女儿就可以以两周一本的速度，阅读完一本本英文原著了。女儿从此打下了对英语学习的浓厚兴趣，也从此打下了良好的英语基础。

女儿在初中一年级的随笔中，曾写了学习英语的欢乐：

我自学英语两年了，两年来，我自觉进度很快，收效甚大，开始初步尝到了这门学科的甜头。

28

记得开始学时，我是那样的新奇，有空嘴里就念叨着刚学来的单词和短文……渐渐地，我开始有些厌倦了，每天不得不挤掉玩和看小人书的时间……直到去年夏天，开始学《新概念英语》第二册，我才被其中有趣的故事所吸引。

闵老师的要求是很严的，每学一课要查生字、背课文，预习后面的语法，自己先做练习，他才给我讲解一下，然后，下一次，预习下一课。我每天要花一个多小时的时间学习英语，而且功课越来越多，开始是一课，后来就二课、三课……还要做不少英语的练习。我越学越有兴趣，英语成了我最喜欢的一门课。

从去年冬天开始我先后阅读了几本英文版的小说。《鲁宾逊飘流记》、《金银岛》、《雾都孤儿》、《圣经》……我都一一看了。我被书中的曲折情节所吸引，开始尝到了学英语的甜头。我为鲁宾逊着急，和他一起盼望有一艘船到孤岛上来…… 我为 Jim 担心…… 我为 Oliver Twist 的命运哭泣……我这才感到，以前为学英语所花的时间和精力，值得!

……我又翻出一本狄更斯的《远大前程》缩写本看了起来，但我十分失望，因为其中的描写都被删去，只剩下一个情节。我现在有一个愿望，看看原版的《远大前程》。我知道，我现有的英语水平和文学水平都无法达到能看懂《远大前程》的程度，这就促使我下决心更加努力的学习。

记得女儿在上初二时，闵老师为了考察女儿的英语水平，让她参加上海外国语学院成人自学英语大学考试，当时她仅 14 岁，连参加考试的资格还是我这位做父亲亲临学校，讲了不知多少好话，出于好奇，出于同情，以破格为由放一码，才被允许报名参考。那一天，天上下着濛濛细雨，女儿披着雨披，骑着自行车，我也披着雨披，骑着自行车，一路送她去上海外国语学院。只见参考的人都是一些青春不再的成年人，有 30 多岁的，也有 40 多岁的，更有 50 多

中学时代的女儿和妈妈在一起。

岁的考生，看得出他们都是一些有了下一代的人，是当年上山下乡的人群。我望着考场，女儿正在其中，小小的个儿，显得是那么不协调。校园雨中的我，感到很孤单，这与现在每当暑假高考时，考场外、校门口守候在外的成群家长的景象截然不同。

几天之后，上海外国语学院发来了女儿考试及格的证书，这张虽然只是及格成绩并不怎么优秀的证书，但与她参加其他考试获得优异成绩的证书相比，同样光彩夺目，因为这是身处少年时代的她，参与成年人竞赛的见证啊！

至今，这张成绩单经历了十六个年头的风雨沧桑，已经变黄了，几经搬家仍保留着。每当看到这张成绩单，那雨天送女儿的景象，总像在脑子里放电影似的，深刻而又生动地印记在我的记忆里。

高中二年级的时候，她参加了上海的托福考试。那是一个冬天的早晨，这一天也正是她期终考试的日子，早上吃了自己准备的早餐后，像往常那样兴冲冲地去上海交通大学应试。考试结束已近中午时分，她匆匆忙忙地占一点饥，又匆匆忙忙地赶到二附中，刚到学校门口就被老师抓住了，老师为她单独安排了补考。那时其他同学正在午休，女儿则被关在屋子里，为上午二门功课的期终考试进行"补考"，结束之后再回到教室里，参加下午一门功课的考试。这真是够紧张的一天。

事后，她才告诉我们一天的考试安排，这使我感到疚意：那天早晨应该为她准备好早餐，中午饭应该为她加点营养才行；那天我们应该主动去学校向老师打个招呼才对……对于那个从早考到晚的一天，这么多年过去了，我们想真诚地说一句：女儿，你辛苦了。

几个月之后的一天，女儿回家显得是那么的兴奋，她依偎在母亲怀里说；

"妈妈，托福成绩今天下来了，你猜我考了几分？"

"100分！" 妻猜。

"不对，托福哪有100分的，满分是670分。" 女儿说。

"那么，你考了550分？" 妻再猜，

"不对，再高点。"女儿说。

"那么是600分？" 妻又猜。

"不对，还要高。" 女儿说。

"是650分？" 妻犹豫地猜。

"不对，是657分。"女儿终于略带点自豪与得意的神情透了底。

以前妻经常得到她考试成绩异常优秀的消息，也经常是平常反应，这一天她也激动了，眼睛里好像湿润了很多。一阵喜悦过后，于是妻在厨房里忙开了，准备好好庆祝一番。那天烧一个女儿爱吃的红烧鱼头鱼尾，好好犒劳了她。尤其让我们感动的是，消息传到闵老师那里，他比自己考了高分还要高兴。他相信一句话，学生是老师的影子，学生的成绩就是老师的成绩，他相信青出于蓝胜于蓝，闵老师说："如果让我去参加这个考试，我可得不了这个成绩。"

由于女儿良好的英语基础，使她到美国后，在马里兰大学的成绩，不仅专业课优秀，连英美文学、美国历史、美国地理、经济、宗教、哲学等学科也鹤立鸡群。一般说来，中国留学生在国外求学，由于英语基础差，文课类总是学得很累，但女儿却学得津津有味。

女儿去了美国后不久，闵老师也去了澳大利亚，虽然远隔重洋，但女儿对闵老师的敬佩和感激之情，永远也不会忘怀。女儿在美国的来信中多次提到闵老师。

只是这几天常常想起闵老师，小学里的陈老师，还有中学里的老师。我想我身上很多价值观、人生观，都是受了他们的很大影响，几乎可以说是他们造就的……

感谢闵老师，他不仅教会了女儿的英语知识，更教会了女儿自学的能力，培育了女儿对英语学习的兴趣，女儿从他那里学到的学习方法和学习态度，使她终身受益。

感谢闵老师，他辅导我女儿学习，不曾收过我们一分一厘，在物欲横流的今天，更是难能可贵。

留学篇

我深有感慨的是小学、中学十几年的过于正规的教育，虽然给我打下了很好的底子，可对我也有意无意地套上了一个无形的禁锢，这禁锢有多牢，对我的影响会有多大，我能不能摆脱它，能不能让我的思维获得自由，这是我在开始研究生涯之前，要好好想清楚弄明白的一个问题，而且对于这个问题至少也要让自己有正确的了解并加以估量……

女儿留学大扫描

过去的已成为历史，在那遥远的 1991 年夏天，女儿踏上了去美国的旅途。

在上世纪的 80 年代末、90 年代初，美国仿佛就是富有、强大、发达的代名词，那里有摩天大楼、洋房豪宅、五光十色的都市之夜、科学的殿堂……对于国人来说具有巨大的诱惑力。

杨振宁、李政道、丁肇中、李远哲四位华人科学家获得了诺贝尔奖，王赣骏作为第一位华人科学家乘坐"挑战者"宇宙飞船进入了太空，他们的成功，吸引着改革开放后的中国青年学子，一批又一批地踏上了旅美留学的道路。然而，留学之路又谈何容易！据说一位大学生，在 1988 年从上海一家颇有名气的大学毕业后，抱着到美国闯荡一番的决心，凑够了去美国的机票钱，在美国洛杉矶下飞机后，身上只剩下 40 几个美元了，而乘坐最短程的出租车进城也得 20 美元，于是他认定了一条，乘车到了最近的一家中国人开的餐馆，使尽浑身解数，软磨硬缠，最后终于打动了老板，留在那里做了一段时间的杂工。生存的动力是那样激励着他，但虽然如此，这家餐馆里依旧刻下了他无法抚平的伤痕。几乎 90% 去美国的中国留学生，都去中国餐馆干过活、立过脚，它是中国移民们"爱恨交杂"的场所，既感激它曾使自己度过最苦难的日子，也记恨它让自己领略了大把的辛酸。

　　也许是某些人成功的光芒，掩盖了留学道路的坎坷与艰辛。时间过得太快了，犹如白马过隙，刚听得马蹄声，它已从你面前消失得无影无踪了。女儿去美留学已 13 个年头了，但一件件一桩桩生活的甜酸苦辣，常常犹如放电影似的在我们一家人的脑海里闪现。

　　中学时代的女儿，走过花季，在花季中渐渐学会生活，在某些方面，她开始慢慢摈弃单纯，摈弃幼稚，不再用少女特有的清纯目光看待这个世界。相反的，她学会了用挑剔的目光，甚至很不留情的目光，选择自己的未来。花季的女儿本应该还生活在家庭温室的呵护中，但在美国的女儿却正经历着一场雨季的洗礼——这是一个孩子成长蜕壳时的痛，是走向成熟需要交的税，总之是避不掉的。于是我对女儿说："站起来，拍掉身上的尘土，稍作总结，迎接生活，就该去勇敢地迎接新生活了。花季如风，花季如梦，那没有成人世界无休止的劳碌与奔波，肩上也不必承担情感的重负，但这一切只能保留在你美好的记忆里。当你过去了花季最幸福的时节，就应该勇敢地面对成人世界了。即使沧桑变化，劳碌奔波，但总有一天我们可以一起聊聊岁月的痕迹与收获。"

　　今天，我要将女儿留学的经历来一番大扫描，实话实说告诉大家，她从马里兰大学到斯坦福大学戴上博士帽；从餐馆打工到走进科学殿堂实验室，走上国际学术会议的讲坛；从连奔带跑着去上学，到有了一辆自行车，到今天银白色的崭新轿车；从四个人合租一套学生公寓，到今天在海滨有了自己的一套房子；从马里兰大学的荣誉学生，到斯坦福大学医学院一年一次的唯一大奖——学院奖；从曾经历过白眼和委屈，到参加一个又一个学术会议，发表一篇又一篇学术论文，到梳着公主头上台领取着大奖牌，在演讲台上，向曾得到诺贝尔奖的教授们，讲述着自己的学术报告。经历是人生的一大财富，科学的探索历程真像是唐僧带着孙悟空师徒四人取经，要经过九九八十一难吧！

　　女儿在斯坦福博士毕业之后，本可以高薪找到工作，然而她没有走这条常规之路。她有一句我们喜欢的"名言":"钱不能打开科学的大门。"也许，她理解得片面一些，但是在我们的眼里她的精神是可嘉的，我们为之感到骄傲。她选择去了U.C.S.F.(美国加里福尼亚州立大学旧金山分校)做博士后，仍在实验室里默默地探索着、攀登着。

女儿出国留学的经历，好像是我记忆长河中一道永远的亮色，送她出洋，完成她的美国梦，只不过是自己人生中放了一把焰火，灿烂很快就消失了。我的焰火很快放完了，但女儿放焰火的年代却随之来到了，她放了一个个大大小小的焰火，而且这焰火绵绵延延，仍在我们的眼里辉煌继续着。

"长风破浪会有时，直挂云帆济沧海"。当我落笔写下这段文字的时候，我坚信女儿将毫无疑问会到达"沧海"——她的理想目的地。其实，她的理想也不过是献身于她的挚爱，一个又一个的实验，一个又一个的课题，我不知道她的理想目的地在哪里，她也不知道她的理想目的地在哪里，她经常说:"科学就是要发现未知。"她的理想目的地可能就是发现一个又一个未被人们认识的世界吧!

踏上留学路

人生的道路是极其微妙的，瞬间的一句话、一个决定，有时会影响改变一个人一生的命运。女儿出国深造的机会就是由于上个世纪80年代初，我表哥来自美国的家信开始的。

表哥刘健安，解放初随其父去了台湾，当时我才10岁，他12岁，分别三十多年杳无音讯。中国国门打开之后，远离祖国的游子，开始了寻找大陆亲人的浪潮。

1982年春的一天，我回家开启信箱，一封来自大洋彼岸的信，有着美国星条旗邮票的陌生笔迹的信，静静地躺在家中的信箱里——这是表哥寄给我的第一封信：

表弟：

到处打听，总算知道了你们的下落和近况，心中无限感慨。本以为你们历经变乱，尤其在"文化大革命"中，大家彼此猜忌批判，没有把我当成"叛国"之类就好了，家庭中的亲情一定非常淡漠了，现在才知道麻木的其实是像我们这样在异国漂泊的人，你们是很想念我们的。子恩，我们都不算太老，想来尚有见面的日子，美国现在经济也不好，失业的人很多，上班生活工作忙碌，回国一次要一大笔钱，工作也放不下来，只有看以后的机缘了。

老家是我们度过童年的地方，当然怀念得很，虽然已三十多年过去了，然而印象仍深，外婆在厨房忙碌，外公把花盆捧进捧出的情景犹如昨日，我们以前的拐脚老管家，他还在世吗？

对了，我的内人叫沈婉贞，有三个男孩，名叫伟麟、伟麒、伟龙，老大下学期要上初二了。

表哥

后来，我们一直保持着通信。

表弟：

我自1964年来美后，1967年回台湾结婚，再回美国一直流落异乡，转眼已18年了，现有三个男孩分别为13、12、5岁，生活尚过得去。由于你的来信，知道了所有亲人的近况，往事如云烟，不堪回首，来日方长，想来尚有重聚之日。遥想当年，你我玩在一起，成立联合阵线，来对付欺负我们的强者。30多年前的往事，犹在眼前，而今已儿女成群，不复有往日之天真了。

表哥

又：

我在自家的后院挖了一个池子，小孩在附近湖里捉了几条鱼放进去，算是鱼池。记得我们以前在家乡池里养金鱼，到水沟里捞小红虫给鱼吃的往事吗？那是很久很久以前的事了。

去年我从新加坡转到印度，这是一个非常有趣的经历，新加坡进步而整洁，印度则落后而脏乱，我常在想中国大陆是一个怎样的情形呢？真希望有机会去看看。据去过大陆的人讲，你们仍在使用马桶，这恐怕是最让我们不能习惯的。希望你们早日现代化，也希望我们政府允许我们去看看，这也许还要相当长的时间。

久未通信，你寄到印度的信不知为何我没有收到，现在趁赴新加坡考察之便，向你们问候。

去年过年，我特别拍摄了一卷相片，给你们纪念，彩色照片在

39

国外越来越便宜，一张才一角美金，你如有底片可寄来代放。

对亲人的来信，我们是喜出望外的，真要感谢邓小平先生的开放政策了。对于他们一家出走台湾，我们一直认为是自己的一个污点，一个使我抬不起头来的污点，在大众场合下总是尽量回避，没想到今天可以互通音讯了。我也把我们当时的处境如实告诉了表哥，当时家里已经平反，我已结束了"五七"干校漫长的改造后"出山"工作了。我告诉他，我从电影学校毕业，在上海电影界工作，参加过万里长江摄影队，曾赴青藏高原长江发源地格拉丹冬雪山冰川拍摄……他知道了我的工作、生活情况也非常高兴，认为我也有了不起的工作，且并非国外所传"共产共妻"、"惨无人道"、"可悲之极"……但是，他到底远离了大陆，又不交往，其中有很多笑话，有很多多余的担心，有很多的误解。当时他在美国新泽西洲，有了自己的别墅，是一位高级工程师，他是从台湾赴美留学，获得了学位而留美的华人。我当时住在武宁路，对于这个简写的"宁"字，他已不认识了，还特地来信问起：

你地址中的武宁路"宁"字是什么意思，是不是什么字的简写，会不会因为我写成"宁"字而收不到？

后来，他来上海，我们一起逛马路，当看到"老干部"三个字时，他曾问我："'老千部'是什么意思？"他把"干"字看成了"千"……两岸的历史隔离，不禁使我感叹万千。

表弟：

给你寄出的放大照片收到了没有，我是航空挂号寄的，应该早就收到的，另外，上次寄出笔表三支也是航空寄的，不知是否收到，此二事请速来信告知，据说笔表扣税很重，如果你们认为不值得，拒收好了。又将岁尽，在异域又是一年，不知还要飘零多久呢？……

表哥

他是出于关爱，知道当时在大陆电子产品很吃香，因此千里迢迢的寄来了笔表，为了这三支笔表，几经周折交了40多元的税，才从邮局领了来，也很快就坏了。虽然当时也让我新奇和风光了一阵子，不过回头想想真不合算，其时我的工资仅60元左右，为了支付这三支笔表的税金，花去了超出我三分之二的工资。后来，这类电子产品很快就身价大跌了，现在是根本没有人要的小玩意儿。而我呢，托人带去真丝被面，以为大陆手工艺品还是不错的，哪知美国人用被套根本不用被面的，后来我们在上海碰面时，才知道他把我千里迢迢托人送给他的真丝被面，一直丢在壁橱里，一丢几年……

表弟：

来信收到了，知道亲人近况都不错，我们全家都很高兴，有道是留得青山，在不怕没柴烧，年青的一代既然都受到了良好的教育，美好的日子就必会来临的。

近年来，国外的报纸杂志及电视时常报道大陆的美丽风光，很得人民的关心，我看过的有新疆楼兰的报导，钱塘江潮、黄河风光、长江风光等电视集，其中长江风光足足播了两个小时，从上游直到出海口，并包括沿途两岸的风景区，真是美丽。想来必有很多是你的佳作，回想起来倍感亲切。

表哥

又：

为了要办一个大型的自动化机器展览，我又到了东京，在这里，我只住了三天，接着我要到印度去参加一个专题研讨会，在那里我将住半个月。听说那里很脏乱，看来我得忍着点，你可直接将信寄到印度。在东京的街头看到美丽的头饰，特买下送给你女儿……

1991年夏，女儿远离祖国。亲戚朋友在上海虹桥机场为她送行。

　　记得我与表哥相处的时代，是在抗战与解放前夕那短暂的日子。10岁左右的我与他，都暂寄居在瓯江河畔温州近郊的外婆家，留下的是一段兵荒马乱的印象，国民党抓共产党，乡亲们上山去打游击。那时在江边远眺隐隐远山，好像哪儿都是共产党的辖区，是人们希望所在。而城里物价飞涨，金元券像纸一样不值钱，到银行领钱，钞票要用三轮车来运，虽然钞票堆积如山，也只能买到一点点油米酱醋而已。不过家乡的那山那水，一直让我与表哥留恋不已，我俩经常在水乡的石板路上游戏，有时爬上一个名叫翠微山的小山头，俯视那江水如练，使我们心旷神怡。我俩坐在山坡上，沉醉于秋水的融融，沉醉于水月交辉的宁静与晶莹。孩童时代的我俩，最怕孤独了，当时真希望能永远在一起。虽然有时候会打起来、吵起来，但也是特别有趣，可惜如今只能是一种遥远的回忆了，我俩一别，竟长达三十多个年头。

我们经过一段时间通信之后，他借去东京之便，特地来上海与我们团聚了。他来我家看到了我女儿，也看到了女儿在上海华东师大二附中学习的优良成绩。当时，一股出国留学风使我蠢蠢欲动，他答应为舒瓯出国留学作经济担保。当时，表哥的儿子已在美国留学几年了。由于他的牵线搭桥，舒瓯在中学毕业后，顺利踏上了留洋深造的旅途，去美国马里兰州立大学攻读生化专业。

海外的表哥能为舒瓯出国留学作经济担保，我从内心里表示感激，也许他是对我俩孩提时代相处感情的留恋吧！在美国为人作担保，是有风险的，因为当时的我们还处在相当贫瘠的生活状态，万一女儿在美国有什么不测，政府是要找担保人的。后来，女儿顺利戴上博士帽，表哥也来电表示祝贺，可以说，直到那时他才算真正放下了心。

2

签证的日子

上海的淮海路乌鲁木齐路口，有一幢绿树掩映下的洋楼，是美国驻上海领事馆。上个世纪80年代末、90年代初的一段日子里，这个原来安静幽雅的地块，忽然变得热闹起来了，成了当时想出国的上海人关注议论的焦点。国门打开后的上海人把追求的希望放在了跨越太平洋的行动上，希望能看一看外面的精彩世界。

上海人，其实从来就不会是纯粹的上海人，在各个年代的变迁中，他们从东西南北中涌向上海，利用不同的机遇，带着不平等的身份与条件，从以前的冒险家，到现代的新移民，一路闯来，各显神通。成功者留在了上海，未成功者也不曾离开上海，都说上海没什么了不起，但都留下来成为"阿拉"上海人的一分子。

他们来到上海经受了这海纳百川的考验，为了有所作为，大都练就了一付强悍的性格。生活的磨练，时代的机遇，使得上海人往往最早"蠢蠢欲动"。出国去、到美国去——留学成了当时上海大学生的首选。

上海的美国领事馆不再宁静，从淮海路、乌鲁木齐路南面拐弯，可以看到熙熙攘攘的人群，有排着长队在领事馆边门等待签证的，更多的人则游离在长长的队伍外，探访着各种各样的消息。人们三三两两地交谈着，互相交换着各种信息："不知道托福要考多少分才能签出？""据说现在签证对托福考分的要求越来越高了！""听说读×

×专业容易签证。""如有美国学校给的奖学金签证就方便了。""为了搞经济担保，我花了不少钱。"……在这里，你耳边听到的都是有关出国签证的点点滴滴，为了得到出国签证，人们都汇聚在这里，好比如今上了一次网、查询了一次资料，可靠的、小道的，让你分不清楚也弄不明白，但想出国的人们还是自觉地不自觉地来到这里。也许，这里的消息是那么的具体，那么实际，使人受益匪浅……每一位从里面签证后出来的人，都会被人围上一圈问这问那："你签出来了吗？你是什么条件？考的什么学校？什么专业？""为什么没有签出来？""他们问你哪些问题？" 被问的人如果是获得了签证，会很高兴地回答来自四周的各种各样问题，如果被问的人没有获得签证，就会一边回答，一面发牢骚："美国佬爱签就签，碰运气的！""我倒霉了，担保人不过硬。""说我有移民倾向。""我各种条件都符合，他就是不签。"……

当时的签证率不高，记得一位朋友，两个女儿都在美国，申请探亲签证，一连几次签证都没有签出来，气得她至今也不肯再去签证了，说："每次签证都要白白地送给美国佬几百元钱，再去签证就是再去送钱，他们这钱也太好赚了。"一位准备去探亲签证的中年人被拒签后出来，气呼呼地说："在美国的亲人病了，要去探亲也没被签出，美国人还讲什么人道主义……"

面对美国大使馆门前的人气景观，聪明的上海人商机触觉直接伸向了熙攘的人群，"同志，你们排着队等签证累不累？我这里有小凳子出租，每只5元。"如果每天有10个人要租，20个人要租，在当时不是发一笔小财了吗？"同志，申请单填好了没有，不要填错，一点点的疏忽，将成大错，要不要代为填写，我填签证申请单有经验，要不要核对一下……收一点劳务费。""我这里是咨询机构，没被签出的可以来我们这里咨询后再去签证，签不出不收钱。"希望被签出的欲望，燃烧着这里的每一个人，于是生意兴隆，热闹的美国大使馆门前显得更加拥挤了。

当时我们的心情非常矛盾，一方面希望女儿能出国深送，她是那么爱读书，在国外可以学到更多更新的知识，求知欲望能得到更大程度的满足，但我们是实在不舍得让她去，也更不放心让她一个人去闯世界。她是那么的娇小，那么的单纯无瑕，她还是一个尚未涉世的孩子呀！她能一个人独立地面对这纷至沓来的一切吗？她稚嫩的肩膀上能担负起这沉重的精神和生活压力吗？她能面对种种艰辛、压力，面对孤独、恐惧、无助，在美国这样完全陌生的环境中生存下去吗？我们反反复复考虑了很久……让女儿去展翅吧！我们终于作出了艰难的选择，而且找到了自我安慰的理论："在父母羽翼呵护下的孩子是永远长不大的"，"只有经过磨砺的孩子才能真正长大成人"，"经历艰苦岁月的锻炼未必是件坏事"，"这一段人生经历也许会成为她的一笔财富"。……尽管这理论是公认的真理，其实也只能是抚平心灵伤痛的"麻醉剂"而已。

女儿对留学一事，是既兴奋又有一点害怕，她说："自从表哥李川和小敏哥哥出国后，我就有一种预感，将来的某一天，我们会在国外相见。小敏哥哥临走的时候我就跟他说过，到了美国我再来看你。"我又问："你一个人去美国害怕吗？"她说："有一点儿，尽管我作好了准备，还是有点怕。"

在去领事馆签证的那一天，一早，妻和女儿就排在那长长的等候队伍里了，一边等待一边聊天，妻问她："你希望签出吗？"她说："我希望能签出，毕竟美国的科学在全世界是领先的。"她反问："妈，你希望我签出吗？"妻答："听天由命吧，我们既希望你能签证出来，又不希望你签出来，因为我们毕竟只有你这样一个孩子。这一次签不出来，你可以在国内读大学，毕业之后再去留学，这样我们可以与你多待一些日子。到那时，你长大了成熟一点了，我们会比现在放心一点的，一切听上帝的安排吧！"

轮到女儿进大使馆签证了，她进去后不久就出来了，远远看去，她脸上挂着一丝微笑，好像是告诉我们签证已顺利通过，路上拥挤着等待签证的人群、打听消息的人群，他们好像也知道我女儿已得到签证似的，一下子拥上好多人把她团团包围，七嘴八舌地打听："美国人问了你一些什么问题？""经济担保要多少美金？""你托福考了多少分？""不知道到语言学校能签出来吗？""你到什么学校去读书？什么专业？"……女儿被簇拥着，好像她是一位胜利者。

事后女儿为我们讲述了那天签证的情况，签证处的官员看了看她的托福成绩，又看着一脸稚气的她，不信任似的用流利的英语开始了盘问，看到对答如流的女儿，似乎自己作不了主似的，再从里面请出了大使馆的另一位"高官"，这位"高官"又进行了一番盘问之后，最后一个问题是："你为什么想学生物化学专业？"女儿回答："我从小就喜欢小花、小草，它们充满了生命的气息，上了化学实验课之后，我又喜欢上了实验，那些奇妙无穷的变化深深地吸引了我，我从小就梦想当个科学家，我想要……"还没等我女儿结束她的娓娓之谈，这位"高官"的图章就敲下去了，女儿也就结束了尚未结束的回答，用一句"Thank you"结束了整个签证的全过程。

3

初到美利坚

大上海，她自开埠以来，经历了一次又一次的移民热，成了地地道道的移民城市。今天，她又开始向大洋彼岸移民，对美国的追求犹如罗密欧对朱丽叶的热恋，女儿成了其中的一位。还有几个星期女儿就要离开生她养她的家，离开父母、离开上海了，她将要开始崭新的独立生活了。对于她的学习能力我是不担心的，但除了学习之外的事，我几乎每样都不放心。在家里的她，不时的还要在母亲怀里撒撒娇，还要玩一下那长毛绒的小狗、小兔子，现在马上要她独立地面对一切、面对漫长的人生道路，她能自己安排好自己的生活吗？她会去找工作，自己挣钱养活自己吗？还要支付巨大的学费开支，她碰到困难自己会克服解决吗？有事情没人商量、有烦恼没处诉苦怎么办？……我与她的母亲心里像打翻了五味瓶似的不是滋味。

得让女儿学着烧烧家常菜了，得让女儿学会一些缝缝补补了，还得给她买这买那。记得那些日子，从这家商店跑到那家商场，买了帽子、衣服还要买鞋，买了夏天的还要买冬天的，买了里面的衣服还要买外套，买了平时穿的还要买正式场合下的着装，还有生活必需的各种各样的日用品……太多太多的东西要准备，最好别拉下一样，好像到了美国就买不到似的，好像只有这样才能弥补我心中的不安……分离的日子终于来临了，机场上的我们与女儿都强压着抑制不住的泪水，经受着这即将久久远离的感情煎熬。

12个年头很快就过去了，去签证的日子，只是去美国留学经历中的一个小插曲，艰辛坎坷的留学路上一串串故事，一个又一个的小插曲，定格在我们的记忆中。美国大使馆门前，现在似乎没有了当年的热闹景象，如今排着长队去签证的，更多的是当年陪着孩子前去签证的家长，现在要去探亲了，去看望在美国生活的孩子，他们成了去签证者的主流，其中就有我与妻，孩子成了我们的经济担保人。平时一家人情系在太平洋两岸，到时就去美国聚聚，这样的家庭，在上海的有不少。

记得起程的前一晚下了整整一夜的暴雨，雨声本来声声催人入睡，这一夜我却怎么也睡不着。第二天雨终于停了，但是天空仍是乌云密布，去虹桥机场的路上尽是积水，我与妻子及亲朋好友，一路上浩浩荡荡地送她启程。对孩子来说，去美国是使她能够早日自立、学习奋斗创业的好机会，然而在这分手之际，她意识到将要离开上海、离开父母、离开她所熟悉的一切，从来没长久离开家门的她，突然要远离这个生她养她的家，离开爱她、关心她、呵护她的父母，好像一下子变懂事了。在送她进关后，她回转身隔着大玻璃望着我们，由于鼻子和嘴巴紧贴着玻璃，变形了的脸上的泪水沿着玻璃直往下流淌着。

亲朋好友们先离开了机场，我与妻子则在机场上继续呆着，目送着载着女儿的飞机远去，消失在浩瀚的天空。震耳的起飞声，像是在撕裂我俩的心，我们意识到随着飞机的远去，我俩与女儿将天各一方，在两个世界，在太平洋的这一端与那一端。从此，女儿在西方我们在东方，西方晚上的时候东方是白天，这就是说，我们睡了女儿却要起床。这很简单的时差知识，也成了我们思念女儿的日常话题。

回到家里已是下午，才发觉午饭也没有吃，说实在也吃不下饭，两个人就呆呆地坐着，还是想着女儿。妻说现在女儿的飞机已在太平洋的上空了，我说不可能，飞机是从上海起飞的，经日本后向白苓海峡飞去的。妻说白苓海峡要靠近北极圈了，很冷吧……我说飞机上有暖气不会冷的，以此来安慰妻子。其实女人的承受能力比男人强，妻看着有点发呆的我，很快反过来安慰我说女儿这次去美国会成功的，当年多少人留洋，回国时不是有很多人戴上了博士帽了嘛！还有人成了有名的学者了嘛！我当时听了，只一味地苦笑，心说，妻啊！谈何容易啊！

晚上把昨天剩下的饭菜吃完了，想起明天还得去买菜，于是妻才开始计算家里还剩余多少钱。一算之下，两人不禁相视苦笑，原来为了女儿的出国，一家的积蓄用了精光，所剩只有十多元人民币了，这十多元人民币得计划用到下个月发工资的日子。在"文革"时期曾经有过的囊中羞涩的处境，那天又再次面对。

女儿就这样走了，何时再能相见，谁知道呢？但是，我们相信相见有期，信仰的力量支持着我们渡过了漫长岁月。

女儿应该第二天就有电话来，以报平安，可直至第三天才盼来了电话。原来她到华盛顿转机时，正遇上大暴雨，没有当天去诺福克的飞机，第二天才到达在诺福克的表哥家，为此她表哥李川也急出了一身汗。

到美国后她不可能像今天这样，经常来个电话问候、聊天，因为没有钱，只能经常写信联系，这样倒也把当初的情况留下了文字"档案"材料，在今天读来，字字句句都值得细细品味。(为了叙述不至于单调，除第一封信外，以后凡是女儿和我们的通信，前后称呼都省略了，信与信之间加一"又"字。)

亲爱的爸爸妈妈：

这是我刚到表哥这里的第二天，这会儿大概是早上七点多。在上海家里，早上七点多，已很热闹了，大楼住宅的邻居都是爸妈单位的同事，买菜去的，捡菜的，剥毛豆子的，常常还会闲聊着天，比较着谁家买的菜又便宜又好……这儿，却很安静，好像除了我没有别人似的。

飞机上不太舒服，轰鸣声震得头晕，所以就一直半睡半醒地歪着，我想坐船都不晕，怎么会晕机？好在下了飞机就好了。到华盛顿前一路都顺利，在芝加哥进关，比我想象的要好一些，没有遇到麻烦，反正懵懵懂懂跟着大家走就是了。也总有好心人帮我把箱子搬上搬下，因为他们见我是个小孩子，过安全门时解下的腰包忘了拿，还是人家追上来把它还给我的。

在华盛顿机场遇到了麻烦，由于暴雨，原定的航班取消了，安排了第二天的一个航班去诺福克，可也并不很令人沮丧。服务台的小姐替我安排住宿，开了账单，还问我一个人行不行，英语好不好，我对他说："我会读、会写，可就是听力不太好，你们说的英语跟我书上读的不一样。"于是，她就一直陪着我乘车去旅馆办手续，而且睡在我隔壁的房间，早上叫我去吃早餐，有人跟我说话时，她一直在旁边慢慢地重复给我讲一遍，这让我有点不好意思。我问她："你陪着我不回家，家里人会不会担心？"她说，她有一位善解人意的丈夫。第二天，上机场时，她丈夫带着他们十六个月的孩子来接她回家，那孩子是典型的美国人，淡黄色头发，很圆很圆的蓝眼睛，刚会走路，很好玩……

表哥和他的一个同学住在一起，把我照顾得很好。昨天休息了一天，傍晚到海滩上抓螃蟹，可惜风浪太大，后来又下起了大雨，螃蟹没钓到，白白浪费了两个大鸡腿……

女儿

又：

在华盛顿转机时，当地正下着大雨，两件托运的行李受了潮，箱子里除了雨衣、胶鞋，不该湿的都湿了。到了表哥这里天气还算干燥，我把衣服一批批地挂在衣橱上、椅子上、桌子上、床肩上、把手上，一时间衣山衣海，一进门就眼花缭乱。这两天干了收回箱子

在马里兰大学三年学业期间，表哥李川一直照顾着女儿。这是女儿与表哥李川合影于马里兰州。

里，不过浴衣受潮染上了杂色，一件粉红色黑底套装也染上了一块块黄色，不知怎么办？

表哥常开汽车带我去玩，这里的大海很漂亮，朋友也不少，他常带我去串门做客……

女儿已到达美国了，到达她表哥的家了。古诗云："烽火连三月，家书抵万金。" 女儿到美国后最初的两封信，使我们安心了不少，可怜天下父母心，十几年生活在一起的女儿，一下子飞走了，我们曾把女儿到达彼岸的情况，想象得太悬太悬：她走丢了；找不到换乘的飞机；她听不懂美国人说的话；她表哥没有接到她；她在机场对天大哭……这些像恶梦一样缠心，接到信后总算可以稍稍松下一口气。

女儿终于平安到达了美国，她开始了新的生活，开始了人生新的旅途。世上还是好人多，谢谢这些没见过面的热心人，你们主动帮我女儿，把她的行李搬上搬下，又把我女儿丢失的腰包送还给她。后来我才知道，女儿在华盛顿转机时，当时住的是一个五星级宾馆，费用是航空公司付的。陪同的小姐，你叫什么名字，你陪伴照顾我女儿一夜，我将铭记在心。八年后的一天，当我踏上华盛顿机场的时候，当我看到这些黄头发、蓝眼睛年轻的空姐时，在心里为她们致敬。有人说，在美国也有活雷锋，这是真的。

4

在马里兰大学

美国对国人来说，有着耀眼的光环。但是没有天上掉下来的馅饼，葡萄也不会掉进你的嘴巴，要生存还需要自己的努力。

位于美国东海岸马里兰州的马里兰州立大学，与美国首府华盛顿相邻。马里兰大学是中国留学生的大本营，那儿接纳了自改革开放后大陆去的很多留学生，但一般都是大学毕业后申请了奖学金之后去攻读硕士的，像我女儿那样高中毕业去读大学的极少。女儿要在马里兰大学生化系度过她的大学生涯。

因为要尽早办理入学手续、找工作、开银行帐户等事宜，17日一早表哥开车送我到马里兰大学。住房已租好，那是一幢很大的六层大楼，每个单元住四个人，二间卧室，二间洗手间，合用一个客厅、一个厨房，没有家具，这样的房子，每人每月要付美金212元，还不包括煤气、电费，真是够贵的。我捡了一些或买了一些廉价的沙发、桌、椅、床垫等家具，房间打扫一番之后，就不时去大楼的过道和贮藏室里看看，这里往往堆着一些已经搬走的学生废弃不用的家具，每次去要看每次的运气了。表哥一直陪着我，看来他是有经验的，几年前，他也是这样开始他的留学生活的。我们又去买了一个星期的食品，表哥再送我到公寓。今晚，我就要住在这儿了。妈妈，我将要开始新的生活……

又：

房间好几年没扫了，真脏，什么都没法用，要一件件洗过来。因为明天要换客厅的地毯，所以家具都搬在卧室里，堆得一塌糊涂。我洗了半天，好容易洗澡间、餐桌和衣橱可以用了，现在我就在餐桌旁边，在自己装起来的台灯下面给你们写信。我缺个桌子和柜子，这几天要抓紧去捡一个回来，这得看我的运气了。

又：

当然屋里到底还是简陋些，那些捡来的家具有时又不太争气，比如那个新捡的台灯没有灯泡，上星期日刚去买了个新灯泡，安上才亮了一下就再也没有亮过，到现在它还是扔在角落里做个装饰品；另一个可以自由伸缩，随处安装的台灯，灯座又不知怎么回事，哪里都不能固定住，衣柜上、书桌上都试过，最后没办法只好让它靠在椅子背上。更兼我这里只有去年买的一百瓦的灯泡，一开起来亮得满屋通明，我们坐在它下面都直出汗！戏称之为"小太阳"。其他诸如五斗柜的一个柜子无法开合，用被子当枕头之类……

又：

两个星期忙忙碌碌之后，终于一切都落实了。

马里兰大学确实很大，但我在华东师大二附中呆惯了，所以不觉得什么，只是路不熟，常走错路。这儿真是大杂烩，什么国家的人都有，特别是黄种人和印度人的势力很强。我们大楼里住着的外国人比美国人多，台湾人比大陆来的学生多，大家彼此都很友善，都很愿意帮助人的。我的五斗橱是从前大楼里的学生用过的，已经转送了两三个学生，现在这个"老古董"又安放在了我的床角。书桌是室友的同学捡来的，没有抽屉，但还很适用。每个新生搬来之后，教会的朋友都会主动来拜访、讲道、祈祷，也常举办各种活动，常替我们借东西，帮我们找工作，非常热心。室友是三个研究生，从台湾来的，对我都很照顾。

又：

马里兰大学的生化教学楼。

在美国交通成了大问题，我住的公寓离学校算是近的，但到学校，走是走不到的，有时候求室友带我，有时候请同学送我，有时候连走带奔的赶去上课，这日子真是过不下去了。人家有人家的上课时间、工作安排，我有我的日程表，很难凑到一起。有时我在人家教室门口等，有时人家等我……今天走到大路上乘公共汽车，到学校已十二点半了，想着天天要求人接送我太麻烦了，下午向一位住在附近骑自行车上学的同学问了路，步行到离家不远的超市里，买了一辆自行车，马上悠哉悠哉地骑回了家。以后我可以自由自在了，再不用等车赶车，到处打电话求人搭车了。妈妈，我有腿了……

随着对美国社会的了解，或者到美国实地一走，你就会深深感到汽车在美国社会生活中的极端重要性。究竟怎样来贴切表达那从早到晚充斥视野的车流和飞速旋转的车轮呢？那交叉纵横的公路、高架、立交、高速公路联结起美国国土的各个角落，渗透到了美国社会的每个细胞，把美国整个社会网络，连成了一个高速运转的完整的动态的系统。有人说美国是由车轮支撑的社会。在美国生活的你必定要有车，才能真正融入美国社会。后来，我到美国探亲度假，住在女儿家，一些老朋友纷纷来电问候，我也很想去拜访他们，另外我也想去超市买点东西，去附近胜地走走，但是寸步难行，从家里出发走是走不到这些地方的。即使你居住在大城市里，医院、公园、商场、上班地点与住地的距离，也非得自己驾车才行。在美国衣、食、住、行等各项需求中，对已丰衣足食的美国人来说，汽车已成为居于其他之上的最为迫切的第一需要，在这种私人汽车数量占绝对优势的结构中，公共汽车已没有市场，线路、车次都很少，几十分钟不见一辆是正常的，有的城市干脆没有公交车。在美国没有汽车就像人没了腿。和美国人及留美的中国留学生交谈中得出这样一个结论：买汽车、购房子、养家这三大花销中，房子可以暂时不买，孩子可以暂时不要，汽车则一定要买。中国人去了美国省吃俭用，先要去买车。

今天，在重新看了女儿的这封关于交通问题的信时，心中总有一种凄凉感。她同住的室友因为是台湾人，有经济能力，父母亲有条件，专程乘飞机送子女到美国求学，就像今天国内的父母亲，坐着出租车送孩子去大学注册一样。而且，台湾的室友到了学校之后，父母亲首先为孩子买一辆汽车，使孩子在美国有"腿"。而我的女儿呢？经过一番奔波之后，买了一辆自行车，把有着自行车王国之称的中国风俗带到了美国。这辆自行车伴随着女儿度过了三年马里兰的大学生涯，在斯坦福大学读硕士博士的五年中，也曾相依相伴。后来，我到美国探亲，看到了她家中阳台上的这辆自行车，不禁感叹万千：它曾是我女儿的"腿"啊！

八年中，女儿曾多次拆洗这辆自行车，为它加过油，为它补过胎。真想象不出，我这位纤纤文弱的女儿，为了省钱，在美国不仅读了博士学位，还学会了修理自行车的本领。不过，这本领是被逼出来的。后来，这辆自行车终于卖了，在斯坦福校园中，贴了一张出售广告，第二天就卖了，卖了十美元，真可惜啊！不是卖的价格太低而可惜，而是这辆自行车多值得我们留作纪念啊！

没有汽车就像一个人没有"腿"，固然困难重重，然而，更大的考验还是女儿离家之后，失去了父母的关爱，经受难熬的寂寞……

女儿想家，我们想女儿，只有在这远离家的日子里，才能体会得情真意切。想起以前，一个小家庭，日子过得平淡如水，女儿上学，我们上班，每晚总是妻子准备好饭菜，大家一起享用；女儿有时也发点小脾气，一些琐事也使我与妻发生口角。在上海，这样的小家庭太多太多。如今随着女儿的远离，我与妻时常躺在松软的席梦思上却辗转难眠，回忆着从前平凡的点点滴滴，没有半点倦意。思绪在袭击着我与妻，想着想着，当年梦呓中的女儿仿佛又回到了身边。她小时候一翻身，会把小脚踹到我的脸上，我把它拿下，并用手轻抚着———幕幕的回忆，横竖睡不着的日子经常发生。

5

最初的艰辛

由于众所周知的原因，中美之间有着长达二十多年互不往来的历史，我们对美国的了解是肤浅的，对美国是一个"纸老虎"的宣传，在几十年来一直占统治地位。国门打开之后，洋人陆陆续续来到我们的身边。面对当时国内的低物价，他们进出高档宾馆，如流水般地花钱，我们愤愤然不平，又感叹万千，那种洋人都有钱，美国很富有的观念像在心目中扎了根一样。的确，美国是当今世界上唯一的超级大国，是世界上最富有的国家。然而，这一切对一个刚踏进美利坚大门的学生来说，一切都不属于你，你一无所有。

大学毕业后去美国留学，可以比较容易申请到奖学金，其实这奖学金也是自己的劳动所得，因为你必须当T.A（助教）。女儿高中毕业去读大学，现在想起来比较冒失了一些，因为得到奖学金的机会微乎其微，认为女儿成绩优秀，有把握申请到奖学金的梦幻很快破灭了。于是，艰难的岁月开始了。

……办了一上午的事，2点多才到家，电话机又坏了，打了几个电话想同老板联系都打不出去，偏偏同我联系工作的实验室在这会儿打电话过来，在一片混乱的杂音中，我听到自己没有被录用，虽然本来没抱什么希望，但心里总是别扭得很。晚上××打电话来问，我说："这一天灰蒙蒙的。"他就急坏了，劝了我很长时间。一会儿，李川表哥又打长途电话过来，早就知道了我"灰蒙蒙的"，又劝了我很长时间。我并没有灰心丧气或想不通或受不了，但我很感动。上星期一，我记得自己去见大楼的管理员签约拿钥匙时都心跳得厉害，现在见人都不大怕了。

又:

    这个星期一直忙着注册和找工作，前者还好，后者的滋味就不太好受了。新生找工作真不容易，因为好一些的工作都希望录用有工作经验，有大学学历的人，找工作的人又那么多，特别是大陆来的学生，虽然成绩优秀，家里都比较穷，找不到工作就没法生活了。我是到处瞎撞、到处碰壁，今天总算找着了一个，是在学校的餐厅卖菜收钱之类，一星期工作14小时，星期三下午4:30－8:30，星期

在学生公寓里过生日。

六、日10:30－15:30，每小时5元钱，可以忙里偷闲在餐馆里吃饭。大约生活费够了，不算理想但最难的第一步跨过来了。

这学期修16个学分相当紧。

我感到女儿长大了，她要边学习、边打工来维持自己的生活了，还要靠打工挣钱来支付下一年昂贵的学费。为了女儿的出国，在当时的中国，一个月只有一百多元人民币收入的我，拼命"扒分"（上海方言，即挣钱），四处借钱，得到亲朋好友的支持，并在银行门口、黑市外汇市场，四处打听换取美金，我倾其全力集足了只能维持女儿一年的生计。

十八岁的女儿，她言语不多，她心里明白要靠自己，她开始了边读书边打工的生涯，然而打工的经历是辛酸的。

今天在餐厅里从早上十点做到晚上八点多，腿站得好酸好酸，因为即使闲着也不能坐下。回到公寓看到你们寄来的信和包裹，真是好兴奋好开心，郁闷疲乏的感觉一扫而光。

这里的功课其实还是简单的，特别是数学课，我几乎是一边休息一边听，化学课讲的还是高一的内容，环境课要做笔记的东西比较多一些，但还是比较浅显，星期三小测验，几乎大家都是满分。生物课相比之下有些深度，但大多还是我已经学过的。我慢慢觉得美国人好笨，尤其是当我发现我修读的微积分、化学、生物课很多都是二、三年级的学生在学。由此也感叹中国学生的聪明智慧，在这里无用武之地，可惜可恨了！但实验课要难得多，化学课上好多仪器连名字也叫不出来，天平是电子显示的，可以精确到0.001g，实验室里用的是相差显微镜，清晰度要高得多。仪器每人一套，坏了要赔，所以每次实验都很紧张很小心。计算机用得已很普遍，与国内是不能比的，写报告、作业、画图，都要用它的软件。理论课是不敢怠慢的，务必都要满分，在这里与美国佬竞争，对我来说只能靠

61

成绩。

原定每周工作14小时，周末餐厅常常很缺人，所以留下来多干一会儿，争取多拿几个美元，这对我来说也很重要，譬如昨天就多干了5个小时，都在甜点柜工作，各种面包、蛋糕、冰淇淋，好香啊！诱惑力好大！做5个小时工可以吃一顿饭，8个小时可以吃两顿，但是会扣去半个小时的工资，实在是很吝啬，所以每顿都吃得饱饱的。在餐厅有时听不懂顾客要什么，常常要请人帮忙，觉得很尴尬，这星期好多了，特别是教授的语言，讲课时不难听懂……
又：

在餐厅里工作总的感觉还是好的，各种工作都被派去做了几次，现在基本上固定在冰淇淋或甜点柜台上……餐厅里似乎我最小，中国人又非常多，很多人非常照顾我。有一次派我去理刀叉的时候，经理似乎在安排上出了些问题，平时两三个人干的活，只有我一个人在做，忙得前脚不接后脚的，有好些人偷偷地帮我做，应付一下，为了这还有人被老板骂了。有好些阿姨和大姐姐很喜欢我，每次吃饭时，我随便说了声："怎么找不到鸡蛋？"她们就去厨房拿来一大盒鸡蛋，足够两个人吃的；我喜欢吃鱼，她们就急急忙忙去拿鱼片。我对餐厅不熟，拿的食品经常很单调，她们有好吃的都分给我一些。有时候空下来，还不时有人到柜上来跟我说说话，说是"听说甜点柜新来了一个很漂亮的小女孩，要来看看"，弄得我很不好意思。我还是摆脱不了女孩子的虚荣心，听别人说我漂亮就高兴，不为什么就是有点高兴。可漂亮有什么用，要成绩好才行。在这里我似乎在别人眼里比实际年龄还要小一些，人家都拿我当孩子一样照顾着，奶奶经常为我祷告，让上帝保佑我吧！

爸爸在拍什么片子？我不在家里冷清不冷清？妈妈做那么多菜谁来吃？我真想吃活杀的鱼头鱼尾。这里所有的菜都是冰冻的，我在这里只能吃最便宜的东西，我也真有点可怜了。你们有照片寄几张过来，我想你们……

在马里兰大学学生公寓里。

又：

在这里拍了一些照片，为了你们早些看到，所以还是统统的寄去了，分量肯定超重了，为了这，也许我还得为它在柜台上多站一个小时。

在工作时忙里偷闲，还可以背一些单词，生物课的生字很多，为了方便我把生词都记在卡片上，没有顾客时，可以拿出来看一看，当然不能让老板看见。

这里的衣服很贵，一件长袖T恤30多元，汗衫拍卖时也需10元。

秋天刚到，衣服以后不能在美国买，中国的宽松 T 恤套装买一点寄来，合算得多，留在家里的旧衣服也一并寄来，只要有穿就行。……

回想起来，女儿在马里兰大学的第一学期是十分艰辛的，要上课修学分，要打工挣钱。为了生活费，为了下学期的学费，她承受着从未有过的巨大压力……

她到底只有 18 岁，每当我看到在暑假结束，大学新生入学时，校门口停着的一辆辆轿车，父母送穿着名牌服装的孩子入学，人们投以羡慕的目光，望着这些天之骄子，望着这些父母脸上骄傲的微笑时，我就想起一位小女孩，在餐厅里任人使唤着，为了赚取那可怜的几美元，这就是我的女儿。我常常做着无数的梦，醒来时告诉我妻，妻说她也做着同样的梦，也梦见女儿了，梦醒后心似刀绞似的，好痛好难受！女儿离开我们的最初这段日子，是我们感情最失落最难熬的日子，女儿又何尝不是这样呢？

辛弃疾有词云"少年不识愁滋味"，而女儿在美国留学，过早地承担起了生存的重负，过早地品尝到了"愁"的滋味。

大学的生活真紧张，现在每天是教室、实验室、公寓三点一线地跑，整天来去匆匆的。说起来好笑，别人说我总是在赶路的样子，常常有人在路上喊住我，说："不认识我了？"我才回过神来打声招呼，实在是课排得太紧。这学期尤其是这样，数学课后面是音乐课，化学课后面是经济课，又正好在学校的两头，当中只有十分钟时间，一路小跑都来不及，每次常常迟到几分钟的，也怪不好意思，可这也是不得已的事……

时间过得真快，学期已过了三分之一，我在你们身边最后两个月的情景，至今还历历在目，就好像昨日做梦一样。好像昨天还无论如何想象不出，在美国是怎样的一种感觉，现在感到也不过如此。开学的最初紧张阶段过去之后，现在似乎也不那么紧得厉害了，一般也能应付自如。作业比较简单，预习(尤其是生化课)花的时间最多，比较麻烦的是小测验、中考特别多，几乎每门课都有三四次中考，每周碰上两三次小测验，一两个中考，但问题都不大。美国的孩子实在不用心，甚至在做实验的时候，他们只是按着实验手册上的步骤去做，至于做什么、目的是什么、会得到怎么样的结果都糊里糊涂的。这里有些 T.A（教授助理)很势利，譬如数学讨论课上，我以前常说自己的想法，他都不大理睬，第一次中考，只有我是满分，接下去的人连85分以上都没有，从那以后，我说什么他就满面含笑停下来听，那时我觉得真开心。

又：

现在是每天上课，回家后热饭做菜，吃饱了看书，看完了睡觉，似乎又是从前那种平平淡淡的生活了。当然也不是没有一点乐趣，譬如每天吃饭的时候看看拍卖广告，剪到几张合意的折价票，周末到商店去买东西，是唯一的轻松。有了折价票，花的钱不超过十元，再买一大盒冰淇淋或者奶油卷就非常开心。有时还会突然有一些意想不到的怪事，来点缀一下我的生活。譬如上星期，我买的一罐做饼干用的面团，没有放在冰箱里。前天晚上夜深人静的时候，突然一声"砰"的巨响，把我和室友们都骇了一跳，找了半天，原来是面团发酵得太厉害，把罐头的封盖都顶开了，里面的面团像炸弹一样，喷到房顶上、书桌上、几米远的地毯上，一片狼藉。我虽然听说过汽水罐头爆开的事，也知道其中原理，可这事发生在我平平常常的生活里，也实在太夸张了，笑得坐在地毯上喘不过气来。那一晚上大家都笑个不停，肚子都笑痛了。

这似乎是一封带点喜剧成分的信，直到今天，女儿回家团聚或我们去美国探亲，一有响声，我总是说："会不会是做饼干的面团又炸了。"大家都会笑个不停。女婿新进门不解其意，说了原由也笑成一团，当时女儿的笑是苦中作乐吧！不过可以看出，她还是乐观面对艰苦岁月的。

美国，对东方中国人来说，曾经是梦幻般地崇拜，从清末洋务运动到辛亥革命，多少能人志士留洋求读。改革开放后的今天，一批又一批学生去美国深造，在哈佛、在马里兰、在麻省、在斯坦福等高等学府里，多少黑头发黑眼睛的中国学生，他们以优异的考分，勤奋的自立精神，博得了教授们的赞许，这也许是他们的立足之本。于是他们对美国的认识深刻了一些，美国不是梦中的天堂，几乎每个留学生都经历过生存的艰辛。为了一笔学费，他们到处打工，受尽了数不清的白眼和呵斥，几乎人人都经历过受委屈的日子。餐馆、超市……都曾经是留学生的栖身之所，他们互相支持、互相帮助、互相同情，他们喜欢着同一首诗："还记得少年时的梦想吗？像朵永不凋零的花……" 为了这个梦，他们付出了高于几倍美国学生的努力和汗水。我的女儿就是其中的一位。

女儿出国时高中毕业，仅18岁，虽然说是大学生了，应该是成年了，然而她单纯、寡言、胆小，不善于与人交往，又是长得小小的个子，特别是在父母的眼中总还是个孩子，总还应该得到父母的呵护。我们曾经后悔当时的决定，过早地让她离开父母，使她失去了本应得到的关爱。每次，我和妻读着她的来信时，总禁不住要流下眼泪，这也许是旁人所不能理解的。朋友、同事碰到我们时，总是投以羡慕的目光，好像在说："你的孩子真有出息，高中毕业就留学了。"他们说的不对吗？否！然而，他们又怎能理解我俩当时的心情呢？

尤其是没过多久日子，女儿的来信便更使我不安了：

前几天这里有一些新闻，说是一个中国留学生，因为自己的论文没有获奖，就把获奖的另一个学生连同教授、系主任都杀了……大家很生气，说这是丢了中国人的脸，让外国人笑话中国人自相残杀、一盘散沙……

我打工的这个餐厅是学校的，跟中国吃大锅饭的单位差不多样子，管理一塌糊涂，帐目相当混乱，平时也常常看到有人偷偷带了东西回去的，老板只当不看见就是了。上次那人也太过分，把老板给惹火了，气的是老板对偷肉的人不抓，盯着我们的提包查，更气的是只欺负中国人，盯得特别紧。那些洋人还不是照样偷懒不干活，那些胆子大的人照样一包一包的拿回去，小小一个餐厅有十个经理，整天没有事像猫头鹰似的走来走去，做起事来却糊里糊涂的，弄得我们打工的日子不好过。要不是中国人彼此抱成团，互相照顾，这个餐厅里的气氛就难以忍受了。

妈妈，有件事我需要知道，我在国内有没有打过破伤风预防针？两星期前，我在餐厅里，手被烤炉烫了一个大泡，然后泡又破了，学校卫生中心的医生说我需要打预防破伤风的针，可我记不得自己有没有打过。现在伤口已基本长好了，想来也是不需要打针的了，不过医生说我如果没有打过，早晚总需要打一针的，收费8美元，所以我想问问清楚。说到这里，我倒庆幸当时我手里拿着刚出炉的两大盘蛋糕，总算没有松手闯什么祸，想起以前手上溅到了一点油星，就连锅铲也扔了的情形，真有些好笑……

又：

餐厅也在削减预算，经理看得很紧，弄得大家都闷头做活一声不吭，以前有空时说说笑笑现在也不能了。几天前冷库里一块25磅的牛肉被偷走了，这几天气氛总是很紧张，一个个互相之间总是横眉竖眼地盯着，连大家的包都被查过。以前总觉得周围的人，尤其是面包房的老太太们很友善也很热情，现在才慢慢觉出其中的"冷"来。一起吃饭时，阿姨们警告我，要当心那几个老太太，是笑面虎，当面"Honey""Sugar"地叫你，背后尽告人的状，前几天就告过好几个人，说起来都恨得咬牙切齿的样子，不由我不去信。现在才慢慢体会出打工的艰辛来，也觉得有些怕……

生活在一起的美好记忆伴随着我，美好的童年记忆伴随着女儿，虽然记忆里的欢笑值得思念，然而在那段时间里却显得无奈。不过我相信万事开头难，这是一个艰苦的开端，我一直认为，孩子的幸福不是父母所能给予的，应该由孩子自己去努力创造，我相信知识决定命运，教育产生文明。我总是鼓励着孩子，一封封写给女儿越洋的家信，是我们对她最好的关爱，经常是为了一封信写到深夜，把一点一滴的爱写进字里行间，与她同挑重担。

事至今日，国人生活水平大幅提高，收入大大增加，公务员连续几年加薪，做生意的、外企的白领……百万元户不在话下，更有甚者，亿元户也有了，工资以年薪计，几十万年薪比比皆是。怪不得后来女儿曾对我们说，这几年，来美国留学的家里都大把大把地付学费，比我们当时阔多了。我为他们的阔而高兴，也为当时女儿的窘迫而感到不平，但也只能怪自己没有赶上近年来的大变化。不过，今天看来，这一段经历，这一段社会实践，对女儿来讲也还是必要的。

后来我到美国探亲时发现，虽然她当时的收入已经不算少，但还保持着学生时代的简朴生活。打开衣橱，没有一件名牌衣服，当年国内带去的旧衣服还在穿着;在超市，买东西总是计划着，晚上自己做着三明治，那是她第二天的午餐——经历塑造了人。

6

依然第一名

女儿去了美国留学，使我想起了华人与美国交往的历史，那要追溯到很远很远。曾有消息传出，发现美洲大陆的不是哥伦布，而是明朝时期的中国郑和，一时舆论纷纭；也有学者正在研究，生活在美国的印第安人，和我们中华民族有着共同的祖先，由于大陆板块的漂移，白令海峡的形成，他们才成了美洲的印第安人。

后来我去了美国，去了纽约旅游，游曼哈顿，登上自由女神建筑，但最使我激动的还是美国移民博物馆。当初的华人移民啊！手提的是藤制的行李箱，一件件生活用具的老古董，陈列在眼前。那时的华人还是梳着长辫子的东方人，他们来到美利坚，是做苦力的铁路建筑工人，有着辛酸、有着苦涩，虽然被歧视，却有着毅力无穷的拼搏，有着成就与辉煌，因为华人是龙的传人，从历史到现实，是一部可歌可泣的移民史。

时代不同了，历史在延续，内容却换了新貌。女儿这一代留学生，凭着智慧和勤奋，成了新一代去美国的挑战者。然而东方与西方，仍然有着较大的差异，由于经济发展的不平衡，国人踏上美国时，虽然进入了美国的高等学府，但个个是个穷学生，他们要生存，首先要在学习成绩上与美国学生来一番较量。女儿是一位争气的孩子，她在美国马里兰大学留学时，有几次期末考试前夕，她来信说：

自己都已准备好了，晚上就看看小说，早早就睡了，同室的室友都感到很奇怪，怎么临考前也不温习功课，也不开夜车。面对着室友们紧张刻苦的攻读，自己也觉得不好意思似的……现在回想起来也真有意思。

又：

这几天考试我反而很轻松，因为自己觉得要考的东西都很熟了，平时抓得比较紧，这次考试只要及格我也能得A，当然我也绝不能考得不好。又加上数学老师让我不用参加期末考，更是轻松了，结果这几天晃来晃去的，上完课就到实验室去了。有时自己也觉得有些好笑，怎么别人最紧张的时候，我却是最轻松的时候；别人玩的时候，我却在那里忙……

又：

我的积分一直很高，每门课差不多可以丢失100多分，也能拿A的成绩，而我只丢了十几分，所以我知道，期末考砸了也没什么关系，只要差不多及格就行。而我又知道我是绝不会期末考不好的，只是，这样心理上没有什么压力，不像别人那么紧张就是了。想起来也有些好笑、好玩、奇怪，从小到大我似乎从来没有真正感觉到过大考的气氛，总是与别人相反，同学听说我考试前几天，晚上尽在看小说，把他们都惊奇得瞪大眼睛。反正考试这一周，我是绝对保证休息，早睡晚起就是了，考试时头脑清醒比别的什么都重要……

又：

几门考试考得都不错，数学满分、化学97分、生物99分，英语第一篇作文得A，因为平均分都在50、60分，所以自己也就比较满意了。这学期，课重了一些，用在实验室的精力又比较多，花在功课上的时间少了，心里似乎不大踏实，这次考试下来放心了些。

一封封女儿的来信，记载着她的艰辛，也记载着她的拚搏与成长。读着每一封信，在今天，犹如喝着五味子酒，心中的酸、甜、苦、辣、咸的滋味齐齐地袭上心头，欣慰的是她没有虚度年华，总是在默默地耕耘着。

　　对付了两门考试，数学 100 分，生物 96 分，也算整个大课中的最高分，因为平均分太低，教授重新修整了分数，修整的方案是 $0.64 \times$ 原分数 $+36$，反正就是得的分数越高越不合算，我只多加了一分，考最低分的是 8 分，倒加了 33 分，不过也不管它了。我并不看重分数，其实，在这里 A 占 10%，我要是拿全 A，也是轻轻松松

在马里兰大学校园。

的事。只是从小习惯了要学的东西一定要看懂看透，不弄懂，只是蜻蜓点水一样学过，是件很浪费的事。学到的东西总是自己的，将来总有用得着的时候。……

想象得出，女儿是在与美国学生不平等竞争条件下取得第一名的成绩。美国学生不用打工，可以全身心投入学习，而我女儿却要去打工，争取得到那生活费，还有那高昂的学费，无疑要挤出很多学习时间，这多不公平啊！美国学生一直生活在美国，学习在美国，美国的历史、美国的社会早就了如指掌，我女儿刚去那儿，要学西方的历史、地理、文学，这些完全陌生的内容，无疑又是与美国学生竞争的一道坎。功夫不负有心人，女儿仍然获得了第一名，遥遥领先于美国学生之前。

回想起女儿出生后，带给家庭的是喜悦，是希望。女儿爱读书，这个好习惯是她成功的关键。高尔基曾说："我扑在书上，就像饥饿的人扑在面包上。"女儿读书的岁月不就像是一个饥饿者在兴奋地吞食面包吗？就是凭着像饥饿的人扑在面包上的勤奋，使女儿获得了好成绩。

读着女儿一封又一封来信，她是那么勤奋，那么优秀，令人感到莫大的安慰。想当年，亲戚朋友看到我们送那么纤纤弱小的女儿，"孤苦伶仃"出国闯世界的时候，总为她担心，觉得她是那么单纯、善良，她还是一个需要更多呵护的孩子。谁能想到她竟是一个这么能吃苦，有毅力，有拼劲的孩子。

人应该像流水那样，流啊流！人应该像流水那样，唱啊唱！人应该经得起坎坷，在充满荆棘的路上，走啊走！读着女儿从美国寄来的信，她告诉我们许多，许多。本应在父母呵护下无忧无虑生活的她，却经历着餐厅打工的生活，受人白眼、呵斥。原本对于出国的艰辛，只是理性上的认识，现在却显得那么的具体，而与此同时父母却又显得是那么无能为力。我们回忆着女儿在我们身边生活的

18个暑去冬来的日子，在那贫瘠的年月，我们没能在物质上为女儿创造什么，却培养了一个爱读书的女儿，这是至今我仍引以为自信的，而且看来这也是女儿出国的唯一资本了。

记得你们，还有学校里的老师，从小就教育我"艰苦朴素"，不要讲究打扮，所以我的衣服，每年夏天收拾，冬天收拾，换来换去总是那么一小包……到了这里我还是和从前一样，早上随便穿上衣服就走，也没有什么时间打扮，化妆盒放在那里蒙上了一层灰。

东方大都市的上海，街头巷尾，时装是个永恒的主题。马路大街上，那是一个自然的T型舞台，流动着飘逸的时尚服饰，俊男俏女们，个个展现着自己的风彩。而我的女儿，当她的衣服破了，裤子短了时，总是对妈妈说："把破了的地方补一下，把裤子再接一段，放长了，还可以再穿……"真是一个不爱红装爱读书的孩子。她说："书本里的世界更精彩。"这是当年中学时代的事了，而今留学在美国的女儿仍然过着简朴的生活。也许就是这简朴的后面迎来了学习成绩的优异吧！这也使我想起了作家王蒙的话："学习是一个人的真正看家本领，是人的第一特点，第一长处，第一智慧，第一本源，其他一切都是学习的结果，学习的恩泽。"

7

仍是艰难岁月

虽然女儿在学习上还是一如既往的优秀，但是在经济上依然出现了窘迫感，因此日子还是有些艰难。

接到女儿的一封来信：

这两个星期有点晕头转向的，一个星期里接二连三地，五门功课要考试，考得我们都不认识了。以前考试也很多，但总是平均一些，每星期一门二门的慢慢考下来，总还有足够时间应付。这一回却是车轮大战，闹得我不得不开了几个夜车。好在这一段考试总算过去了，明天上午还有最后一门，今天刚考完最重要的一门化学课，浑身轻松了许多，明天数学考试是我比较拿手的(感谢中国的中学教育)，今晚总复习了一遍，也就想轻松一下，给你们写信了。

又：

昨天终于把最后一门课考完了，走出考场又去交了作文，然后去书店看了一看，回到家已是中午12点多，倒头就睡，这一觉连梦都没有，一直睡到6点多才起。晚上还怕睡不着，可是到了12点又沉沉睡去，一觉醒来时，已是天大亮了，一看钟已经八点半，吓了一大跳，赶紧跳起来去上班，连我也没想到自己这么能睡，大概是这学期神经绷得太紧的缘故吧！

　　一个学期熬到现在，终于所有的课都考完了，好像一下子没有了负担，下周末想到表哥那里去。晚上连续做了几天工，因为寒假里即使不住在这儿，房租还是要交的，想尽量把下个月的房租打工落实下来……至少还有这一晚上的时间，给你们写写信说说话。在这里，大家教我一种思维方法，就是不要想以后的事情，连明天的事也不要想，只想现在干的事……只想现在干的事。记得有一次在中国餐馆吃饭，最后拆幸运卡的时候，我那张卡上写的是："Do not trouble trouble until trouble trouble you."（不要自寻烦恼，直到麻烦找上你。）

　　女儿真是太辛苦了，真为她担心，但我总相信，功夫不负有心人。果然不久后喜讯来了。

　　今年，我拿到了化学系的荣誉奖，授奖仪式在下星期二举行。我最希望的是能得到一笔奖金，如果只是一份奖状、奖品，也就只好这样。信上写着我家人被邀请参加仪式的邀请书，想想有点难过，因为你们无法来参加我的授奖仪式。

又：

　　星期二举行我的授奖仪式，当天室友帮我梳起了公主头，穿着长裙、皮鞋去了。我领的是一年一度的新生荣誉奖，只有我一名，另外几个奖是设给二、三、四年级学生的，希望我明年还能出现在领奖台上。领了奖马上回实验室，只是我这身打扮，在实验室真的很不相称，那双皮鞋顶得我脚跟痛，回到家脱下袜子一看，脚上磨起了两个大泡。……

　　读了这封信，高兴的是一位纤纤东方弱女子，登上美国高等学府的领奖台，那是我的女儿，她向来是不要第二名的，这次得了学校的荣誉奖，梳起了公主头，是什么样子的呢？学校是发了邀请信，邀请父母去参加颁奖仪式，但我们是没有经济能力飞越太平洋的，这邀请信只能留作纪念了。有人说："女儿得了荣誉奖是千金买不到的"，"这荣誉奖比什么都重要"。他们说得都不错，然而，面对这份荣誉，女儿却在担心着下一学期庞大的学费开支。

奖学金的事，希望仍旧很小，我的 Advisor（指导老师）同经济部的人谈话的结果，我的情况现在是处在很尴尬的境地：因为我的经济担保书上写着的，是伯父将每年提供我 12000 美金的资助，按明文规定，我是不需要奖学金的；而实际上，我却是拿不到这笔钱。这事说起来也真好笑，没有经济担保，我不能被录取，也不能拿护照签证；有了经济担保，我申请奖学金又不够资格了。Advisor 说，从个人来说，他和别人都知道其中的实际情况，只是他们只能按规定执行；当然最主要的原因，还是学校经济困难，钱不够，否则执行规定时可以灵活得多了，弄一个额外的特别名目也不难。

我能理解美国公立学校的规定，那是用纳税人的钱办的学校，你们中国人千里迢迢来美国读书，你们的父母向美国政府纳过税了吗？凭什么要给你奖学金呢？
又：

在美国读大学，本来能拿奖学金的就寥寥无几，马里兰又是这样一个又大又穷的公立学校，既没有给外籍学生的基金，规章又严，学校咬准了我是 F1 签证，早就有伯父的担保，更拿不到奖学金。若是私立学校环境可能自由一些，教授的影响力大一些，可能情况会好一些；但是，在马大公立学校，所有的外国大学生中，没有一个是向校方拿奖学金的，这也是事实。……
又：

这两个星期，学校里学生闹得厉害，学校削减预算，我是最直接的受害者，不但学费飞涨，奖学金渺茫，而且下学期最多只能修16个学分，对我是一个很大的打击。这几天课堂里经常是空空荡荡

在马里兰大学校园。

的，学生们都去游行抗议去了，连 T.A 和教授们也都忿忿地说："为什么每次削减经费总是先削减教育呢？削减学分难道会加强'教育'吗？"其实答案很简单，刚来美国时表哥曾告诉我，这是个金钱社会，只是当时还没有意识到，现在隐隐感到了，不免觉得有些凄凉……

回想起那段日子，我们真有点撑不下去的感觉。幸好我有一位朋友在美国，住在离我女儿学校不远的地方，她能照顾我女儿，假日约我女儿去她家吃饭、散心，并写信安慰我：

以前在你家里，我从未仔细看过你女儿，因为她总是躲在自己的房间里看书，这次我看清楚了，她外貌大部分像邢医生。孩子漂亮、聪明、有能力，较成熟懂事。身体非常健康，饮食起居很正常，恭喜你们有这样一位优秀的女儿。你们一点也不要为她担心任何事情，留学生在外艰苦奋斗，几乎都是这样，经过艰苦奋斗阶段反而有利于他们的成长，为以后大半辈子的人生道路打下了根基。像我女儿那样，依在父母身上生活、学习，并不是一件好事，看起来现在生活轻松、舒服一些，但以后不一定是好事，因此你们不要去羡慕。在美国只要自己管好自己，不去乱交朋友是很安全的，你女儿一门心思读书，这一点你们不用担心。毕业后，她想选一门较好的专业读博士，然后能到某公司实验室做研究工作。从她现在读生化专业来说，以后能选分子生物学方面的工作是很理想的……等到你女儿读研究生有经济能力时，你们就可以探亲来了，你们也就盼出头了。

也许是她的安慰，让我俩总是充满着信心，期待着女儿的未来。

女儿的优异成绩，使我感慨万千，不过我们也陷入了经济窘境，为了支持她下一学期的所需，赚钱、借款成了我的一大任务。

那是上世纪90年代的初期，中国经历过"八九"政治风波之后，随之而来的是前苏联、东欧的剧变，但中国正加快走上改革步伐，虽然仍面临着一些困难。当时的我，虽然每次国家加薪都有我的份，那怕是2%的加薪率，我的名字也在其列。我正面对着扑面而来的春风，这久违了的春风。中年的我，事业上也春风得意，我导演、摄影的一部风光片，也获得国际电影节大奖。原本四面楚歌的我，已是八面春风，可是当时的月薪仍只有20几美元。女儿去留学时，只带了仅仅够她一个学期的费用。于是，我厚着脸皮向人求援，还经常在银行门口黑市换回一张张美元。有时换回的是一张张一美元、十美元的面额，我的想象力很丰富，在梦里希望这一张张一美元、十美元的美金，变成了一张张一百元的美元，那真太好了！可是阿里巴巴并没有帮忙，一美元仍是一美元，世上只有粮食扩大器，把一粒粒小小的大米膨化成爆米花，但没有美元扩大器。

在再一次收到我托人捎去的在美国是微乎其微但在当时的中国是一笔"巨款"后，女儿来信说：

你们托人带美金给我，让我心里真不知是什么滋味，感激？内疚？自责？难过？我实在想象不出你们在国内怎么能挣这些钱，有时又觉得挺伤心的，怕你们会太累太苦了。我在这里读书，对你们真是太大的一个负担，真难以想象家里的情况究竟怎样？希望我二年级的时候拿奖学金容易些。

又：

上个月曾有一个奖学金的机会，我是初选之后剩下的六个与Committee(管理财金的人)面谈的学生之一，可是面谈之后奖学金还是被另一个学生领去了。我上星期接到学校的通知时，真想大哭一场。不知为什么似乎我在其他方面还顺利，可财运就永远不好，有奖学金的机会永远轮不到我头上，眼看着其他学生只要GPA在2.5以上就可以拿资助，不用付学费，也不用工作；最让我难过的是出来这么久，我其实还没有独立，总是让你们寄钱给我，没有从这里寄钱回家的。真难以想象你们怎样从那里给我筹款，我从前也从没关心过家里的经济，现在也真无法想象你们是怎样挣来这些钱的。这一笔奖学金又飞了，也不知又将给你们增加多大的负担。

又：

星期二生物课的教授找我(是从NIH来的)，说他的一个同事需要一个Under(低年级)学生，在他的实验室工作，从夏天开始一直持续到年底，问我有没有兴趣。我当时还有些不敢相信，问了两声 "Can I?"（我可以吗？）头一声是不知道行不行，因为我生物课到底上得不多，周围又都是生物系的四年级学生和研究生，怎么还偏偏挑到我头上了；第二声是因为我听詹阿姨说，在 NIH(国家健康中心)工作都需要有绿卡，或者是像她那样的访问学者，我现在的身份行吗？他说只要我感兴趣他会帮忙去办，那天回到家里都还觉得在做梦一样，这样的一个机会，去接触又一个新的实验室、新的课题、新的环境，真的平时想都不敢想。星期四又去的时候，他挺 Sad(懊丧)地告诉我这事吹了，我符合所有条件，除了一项，我需要有绿卡，因为这个实验室的项目是有关人体神经的。居然进实验室还有国籍的要求，所有西方国家甚至东南亚都可以，可自从八九风波之后，中国人就被排除在外了。

又：

新学期杂七杂八的事比较多，如注册、交学费，每门课的书要去书店买，周末到系里的复印机上一本本复下来，再装订好，又一本本去书店退掉。这么一来省下将近 200 美元，不过人也搞得够累的。……

女儿在美国读书，居然连教科书也买不起，在今天旁人看来似乎不可信，但这是真的。女儿穷急了，想出来的办法，也是急中生智，也是逼出来的"智慧"，也使我悟出"清贫出人才"的道理来。不过，我还是期待着她能得到奖学金，但是这个愿望却总是落空。

在一次中秋佳节倍思亲的日子，女儿写了一首打油诗：

> 寻寻觅觅在异国，
> 一样中秋月，
> 那比得故乡，朗空残星，人影交错。
> 灯火阑珊处，

似曾相识；
再凝眸，
却是异乡景、异乡人。

这是女儿有感而发写的打油诗，她还在信中说：

今天是中秋节，白天打了五个小时的工，走回公寓，心里就空落落的。晚上几个台湾女孩子有舞会，因为我不想花钱，大家都留在家里了。可是好想动，想轻松，自己放了自己两个小时的假，吃月饼，跟着音乐随意地乱跳，疯狂地跳，满头大汗为止，伏在窗口看月亮。突然录音机里的磁带又换了音乐，是一首很凄凉很美的歌，一直随着凉凉的夜风飘到空荡荡的夜空。月亮很苍白，又不太圆，孤零零地悬在那里，没有一颗颗星星的陪伴。我好想出去，随便去哪儿，痛痛快快地发一阵狂，让心灵解脱一切烦恼，让灵魂融入那一片无声无息、无际无涯的空旷的宇宙中去。我感到应该有一个人，把我们几个发疯的女孩带出去，开车转一转，可是没有一个天使会突然降临到我们面前，来满足我们荒诞的奢望。于是，大家埋着头嘤嘤地哭了起来，哭得好伤心，哭到最后又都觉得好傻，可还是忍不住地哭。她们哭着给家里人打电话，听到亲人的声音得到了安慰，可是我连这也做不到，因为我付不起越洋电话费。我早就想过，到了这里，即然走出了这一步，就只能一直向前走，不能往回看，直到我无法承受为止；可是，还是常常忍不住地往回看，往回看时就好难过好伤心。我离开了国内的那么多的爱，到这里来做一个不知能否成功的梦，真是那么值得吗？我扪心自问。现在想起来，家里的一切都是那么珍贵，甚至晚上妈妈叮嘱我不要再吃零食的情景，现在都只能是梦中的一种奢侈，因为在这里除了边做作业边吃饭之外，根本没有时间想到再吃什么。告诉尚留在国内的表哥表姐，好好珍惜在父母身边的这一切：早上催你起床，每天为你做那么多好吃的，围在餐桌旁听你诉说一天想说的话；晚上，当你心情轻松地在灯下看书时，会不时地进来看看你，催你早点上床睡觉；在阴森森的雨天，夜半人静时，爸妈会起来给你盖上被子、关上窗户……享受这样美好的生活时光，在一生中对我来说，实在是太短了，现在更显示出了多么的宝贵……不多说了，说不完说不完的。

这里的天气很干燥，有可能寄一点中国的防冻霜，嘴唇边已经裂开了，冬天也要用的……

女儿在美国度过的这一个中秋节的这封信，读后叫人揪心地痛。我们又何尝不思念女儿呢？每年中秋夜相聚吃月饼的情景又浮现在脑海，如今我们在这里，她却到了地球的另一端，我们望着皎洁的月色之时，她那里却是白天。我到邮局拨通了美国的电话，给女儿一个惊喜，在电话里，她听到我的声音，叫了起来，是那么的激动，女儿啊！我们的心是在一起的，远方的我们无时无刻在关爱、挂念着你，不是吗？爸爸妈妈给你打电话了！

当时，台湾的经济走在我们大陆的前面，与她同住的室友，付得起国际长途电话费，可以不加考虑地与家人通电话、聊天，我的女儿多羡慕她们啊！当时中国打到美国的长途电话每分钟要17元人民币，而我们的工资每月仅一百多元，所以，打一次几分钟的国际长途，听听女儿的声音，对我们来说只能是难得享受的一种奢望。我想，以后我们的女儿也会柳暗花明，也会有足够的能力，想什么时候打电话给我们就什么时候打电话给我们，想聊多久就聊多久。

在今天，当女儿戴上博士帽，以优异的成绩毕业于美国一流大学——斯坦福大学之时，她不是也经常打越洋电话了吗？

如今，当初一个越洋电话常常花掉我们一个月工资的时代已经过去了。

8 在实验室
（上）

我现在虽然到了这里，可经济上还是在依靠你们，依靠别人，想起来心里就不是滋味。与表哥商量换个学校的事，他说好的学校学费比较高，奖学金也给得慷慨一些，趁我现在第一学期的成绩已经出来的时候，重新申请有奖学金的学校，也许是一条路。这个学期我的成绩一直很高，隐隐还听说教授在期末画曲线确定A级人数的时候，要把我的成绩先去掉，不然的话，得A的学生将寥寥无几了……

女儿因为在马里兰大学拿不到奖学金，想争取到有奖学金的学校去，在办转学校的过程中，没想到时来运转了。

柳暗花明，否极泰来，峰回路转……这些我们常说的话，今天，有点领略它的真正含意了。

这个星期终于还有些结果，也算是没有白忙，可也真有些出乎意料，或者命运总是爱跟人开玩笑！转学的申请信是寄了，教授的推荐信也写了，不过教授听说我想转学便一副很不高兴的样子，他说我如果离开，他将非常难过。我告诉他，我的经济状况很不好，这是不得已的一个办法，他就很热心地帮我，他说他会尽力帮我摆脱困境；还说，马里兰虽然不是很好的学校，学生素质相差很大，

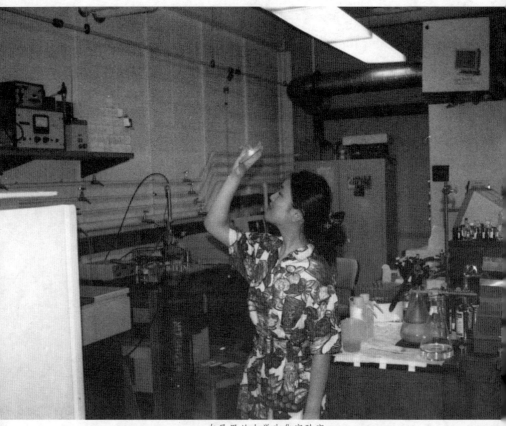

在马里兰大学生化实验室。

但一旦有好学生引起了教授的注意，他将会受到特殊的重视，得到
或许比一流大学更好的教育，而这在哈佛、麻省等这样的学校是办
不到的。因此，他把我推荐给一个有名的生化教授的实验室里去工
作，并且也催促化学部的指导教授帮我想办法。知道吗，这两天我
几乎没干别的，就一直打电话找这二位教授预约，今天总算是把他
们给找到了，并谈了话。现在，我已经得到了实验室那份工作，给
教授和研究生们做助手，完成一项研究课题。指导教授今天的态度
也出奇地好，他说虽然经费不多，但他会尽力催促经济部的人扣去

一些其他开支，给我一些奖学金。想起以前寄了那么多信，填了那么多申请表，也找过这位指导教授，都连个回音都没有，这一次却这样顺利，真是有点出乎意料了……

下学期大致是一周工作 20 小时，每小时 6 美元，暑假里还可以打全工，每星期大约 300 美元，明年的开销也就够了。一桩心事总算放下一大半，你们不知道我现在多高兴！

更重要的是我觉得这是再好不过的一个学习机会，可以直接接触真正的研究工作。现在当助手，以后也许就可以独立工作，积累的经验也会多得多，以后无论考研究生、找工作都是很好的基础。知道吗？我一直盼着能有这样的机会，现在这机会突然来临，又令我恍惑不安起来，有如在梦中之感，几乎不敢相信这是真的。……

这真是个好消息，上帝总是开恩的，进实验室工作不仅有收入，也是一段很重要的经历，她能行吗？她还是一个大学一年级的学生啊！要与研究生、教授一起工作，是不是太抬举她了？

我先找我的指导教授商量了一下情况，然后把进实验室工作的手续办完，根据课题，在图书馆找到资料看论文，总算弄通了一些，也不过百分之四五十而已。3 号去找生化教授，与带我的研究生见了面，5 号开始正式工作。头两天像打小工一样，整理实验室，把上学期留下的几百个试管、烧瓶、烧杯洗净烘干，又帮着研究生整理资料、买东西、配溶液。那几天真有些累得腰酸背痛的，但人人都是这样开始的，连研究生们也这样，我自然也不能例外。星期四教授亲自过来，教研究生使用新仪器来分析测定，我就跟在旁边听着。后来，教授提了几个问题，研究生们大概没有反应过来，我看教授问了几遍，就在一边回答了。后来教授指导实验时也让我参加进来；昨天一整天，我俩就一起去做了实验，但总没有结果。我抽空借实验笔记来看，也就基本上把目前这个实验搞懂了。今天研生打电话来请了假，教授过来问我愿不愿意把实验做下去，我想这是个好机会，就答应了。今天一整天，我就一直在调试仪器，大概做了十几次，连吃午饭也坐在电脑前，下年终于有了比较令人满意的结果出来，高兴得直笑，临走时，教授对我说"Good Work"……我不知道其中真的夸赞的成分有多少，但心里总是挺高兴的，虽然还是很基本的积累性工作，但毕竟是个好开端。……

　　女儿就这样赶鸭子上架似的上阵了，踏进实验室的大门，这是

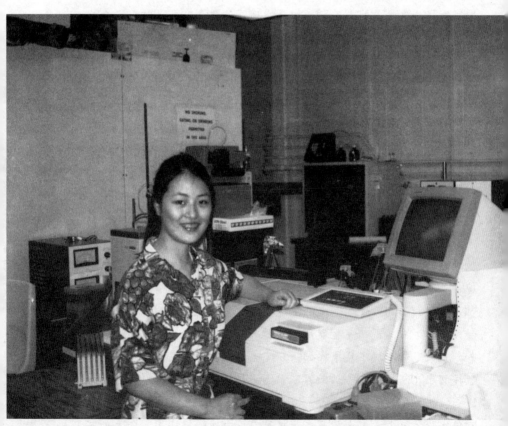

在马里兰大学生化实验室。

新的起点，开始了新的里程。

女儿在信中还告诉我们：

知道吗？妈妈，到实验室来，几个研究生都说我太幸运了，带我的研究生是生化系的博士生，从福建来的，今年就要毕业了，她说做了这么多年，我还是第一个到那里去的大学生。以前，虽然有几个大四的学生来做事，但他们是实习性质的，是付了学费来实验室的，教授试着让他们做了几个实验全失败了，从头到尾的数据全是错的，所以，后来大四的学生来都只是帮帮忙、洗洗仪器、买买东西而已。我在这里做下去一定会大有好处。更兼这个教授也是很强的，而且对我也很好，记得第一天他对我说，他不在乎我什么时候去工作，只要我空的时候，来实验室做他们的帮手就是了。这几天在教我们的时候也非常耐心，还对我说，我的运气不算太好也不算太坏，这方面的运气好了，别的方面运气就差些，上帝总是公平的。谢谢家里很多人都为我祷告，每逢我遇到高兴的事时，我总想谢谢他们。……

又：

暑假可以继续跟着教授在实验室里做全工，一个假期有 14 周，可以够我赚一学期的学费。其实这几天早出晚归的，还不是和打全工一样，这星期工作了 42 个小时（寒假），算来也有 250 美元了。……

如阴转多云，融冰化雪，随着她处境的好转，她的心情也好多了。她给我们寄了几张照片，那是她在美国校园里拍的纪念照，婷婷玉立的女儿，在那样艰苦的拚搏中，仍笑得那么甜美！那么可爱！身边的那些花啊、草啊好像都逊色了，因为她在憧憬着未来，又像在沉思着迎接风雨袭击，是那样的倔强，那是与生俱来的倔强。

春天到了，白天一天比一天长了，让人觉得生命还很长很长，时间还有的是。春天最早开的迎春花开得真盛，一丛一簇地点缀在枯草香木的旁边，叫人觉得美好的东西总还是有的。每天天气都很晴，早上穿着羽绒服出门，还冻得头皮发麻，中午太阳又暖哄哄的，晒得我们脱了羽绒衣还觉得热，那种暖洋洋的感觉，好像整个人都快融化似的。每次去健身房锻炼，出了一身汗，洗个热水澡，迎着凉凉的夜风回公寓，那种感觉真好。如果妈妈爸爸在美国，与我在一起就好了，我真心希望着……

　　时隔八年后，女儿陪同我们去她当年马里兰大学逛一圈，这个学校也是很美的。当年，她踏进这所学校的时候，承受着经济重担，前程未卜，自然没有好心情，从来没有把这学校的好景色，向我们描绘一番。时过境迁，她有了好心情，就有了好感觉。
　　美国学校的这种做法，对我们来说是一个惊喜，然而在实验室工作是艰辛的，相对于餐厅打工来说是另一种艰辛。

　　实验室里去年买了很多新仪器，教授又收了很多学生，一下子钱就紧了，结果这几个新的研究生都没法做教授的RA，只能到系里去做TA，因为教授付不起他们的工资。这一来，使我很紧张，因为论学历、论资格，他们应比我优先的，要选择的话，也是应先选择他们的。老板现在还雇用我的原因，大概我的那个实验还没有做完的关系，以后呢？那几个研究生不可能永远做TA，总要回来做RA的，那时不知又会怎么样？我是忧心忡忡的，老实说老板雇我可便宜不到哪里去，我查了一下我的账户，去年老板一共付了我8600多美元，比带我的研究生第一年所挣的还多呢！……

　　在实验室女儿资历最低，录用她在实验室工作真是抬举了她。教授是出自于爱才之心，也为了解决她的经济困境，而对女儿来说是一种机遇，为了生计，更是为了要实现那少儿时就有的梦想。

在美国读研究生当 RA 之后，每个研究生都有自己的老板（教授），上他的课，帮他做研究，由老板付他的学费，每个月领工资，按工作好坏分一定的级别。我虽然不是研究生，但进了实验室工作情况也差不多，老板是不会轻易去"解雇"自己的学生的，我是纯粹替他打工，不是他的学生，情况有些不一样。老板缺的不是钱，而是好学生，他在系里钱最多，可就是招不到好学生。那么多美好的设想，却没有人替他去做，这对我更有利。如果到一个"饱和"的实验室去工作，虽然也能挣到钱，但绝对不会有机会学到这么多的东西，不会这样放手让我做。……

又：

我一直担心这个夏天能否继续留在实验室，两个星期前找教授，问他还有没有别的课题给我做，他说要想一想，想了一个周末，想了两个新的变种的课题要我做。我说我最近很忙，要过一段时间才可以开始做实验，他说没关系，这个学期，甚至于整个夏天的时间，我都可以用在这个课题上。本来，我问教授的目的也就是探探他的口气，看他有没有这个暑假继续用我的打算，这样一来，我也就放心了，至少，暑假何去何从有了着落，下学期的学费也有了保证。

又：

教授最近又拿到一笔新拨下来的经费，这对大家来说是个喜讯，最近实验室的钱是很紧了，这笔款子下来，总算可以松了一口气。连着两个星期都加了班，我的 Project 已经快要结束，教授打算写一篇小文章在这上面，这一篇论文很快就能发表了。

又：

跟带我的研究生××谈老板的事，有时想起来挺矛盾的，看上去他不 Care 钱，要不那时候怎么会雇我；可是他请我暑假做 Full Time 却是觉得我有利可图，因为我做实验的速度，比那两个美国研究生快，而他只需要付我一半的钱。照理说来，美国的教授没有不 Care 钱的，那些 Grant（资助金）都是他到处设法搞来的，怎

在马里兰大学生化实验室。

么会不Care钱呢？按××说，他这样雇我真是太赚了。

　　在美国大学里，看起来留学生拿了资助，但你必需当TA（在教室里给教授当助教）或RA（在实验室里给教授当助手），这就是工作，所以资助款也是你的劳动所得。我欣赏这种做法，在完成学业的过程中，你得到了收入，也锻炼了你的能力。女儿说，雇佣她真是太赚了，赚就让他赚一点吧！世上没有绝对的付出与收入的平衡点。初涉大学校门的她，能在实验室站住脚，对我们来说是莫大的安慰了，人还是有点自知之明好。

　　我们平时每星期一都有 Group Meeting，或是学生讲，或是老师讲，讲自己在干些什么，下一步有什么打算。这星期一，教授要我讲，把我完成的那个课题讲一讲。到讲的时候，我着实地紧张起来，中午吃饭时就开始发抖，结果是一边讲，一边忘了词，准备好的讲稿写些什么都记不清了，只好顺着自己的思路，一步步地讲下来。讲完了，教授问了我几个问题，这时候我才镇静下来，所以回答教授问题时才自如一些。我很失望，因为下决心要讲好才是，这是我第一次有机会来显示一下，自己不仅有一双做实验的手，也有一个头脑，希望以后能得到更多的实验机会，独立工作的机会。可我觉得讲得不如准备的那么好，多遗憾！后来，听同学们说，教授在听我讲的时候，一边点头一边笑，这是别人上去讲的时候所没有过的(可惜我太紧张了，一直盯着黑板上的数据看，背对着教授讲，什么也没有看见)，怎么还不满足呢？问题不是在这儿，而是我表现的自己总比真正的自己要差些。虽然说路遥知马力，待久了，教授总会发现我的价值的，但恐怕我因此会失去很多好的机会，我想以后要多多的实践才是最重要的。

又：

　　实验室新来了一个研究生，实验做得不顺利，我抢先了一步，把老板后来新提出来的三个 Mutant(突变异种)也做出来了，这两天在接近尾声，开始测试新的 Enzyme(酵素)的性质。说实在在这里站稳脚跟也不容易，新来的女生因为实验不顺利，又刚结了婚，遇上搬家之类的家务忙，实验室去的不太勤，前几天就被老板下了最后通牒，请她下学期自己去做 TA，不再提供资助了，令我有一种兔死狐悲之感，我不能不卖力地干了。倒是那两个美国学生，干得再糟也没有被怎么样过，这世道真有些不公正了……

又：

这学期是第一次上四字头的生物课，所有其他人都是四年级的学生，还有十几个研究生，上课都是用原始论文来讲，期末还有一篇10页的论文要交。头一堂课确实把我吓坏了，不过第二堂课基本上也都听懂了，觉得教授讲的不那么深，我相信我能坚持下来。后来才知道，头一堂课被吓掉魂的还不止我一个，一半的学生被吓走了，原先拥挤不堪的教室，一下子变得空空荡荡起来，真好笑！我觉得虽说自己基础学历上比别人差一些，但有一个得天独厚的优势，就是在实验室里干过"真活"，而且已一年多了，对这方面的思路、手法、推理手段已经比较熟悉了。这门课学的内容，与我在实验室里做的竟是那么相近！再说上这门课，我做实验时也就有了"理论上的指导"，也不至于总是傻乎乎地蒙着头"瞎撞"了。听说这位老师是从NIH(国家健康中心)请来的，研究成果特别突出，一定能学到不少有用的东西。老实说在实验室里做到基因方面的东西，老板是从有机转过来的，也不太熟悉这方面的内容，所以出了问题也不能帮很多忙，只能自己在那里瞎摸，这样一来，不仅实验室里帮着功课的忙，功课也帮着实验室的忙，所以现在我还是很高兴这门课选对了，而且头一堂课没被他吓倒。……

实验室里充满着一种神圣感，揭示着一个个未知。人类社会发展至今，体能上的拼搏几乎已到了极限，但在知识领域里，人类似乎仍有很大的潜能，因此这里充满着竞争。女儿希望教授能发现她的价值，争取更多的机会，在二年级的时候，争取上四年级程度的课，与四年级的学生站在同一起跑线上，这需要毅力，更是由于实验室工作的积累，使我这个做父亲的也更懂得这样一句话："只有拼才能赢。"

9
在 实 验 室
(下)

自从女儿踏进了马里兰大学实验室的大门，总是念念不忘她那实验室生活的方方面面，那是她对每一个实验的执着和热爱，每一封信是她拼搏的纪实，是成长的过程，看后总让我久久思索。

这些日子每天早上8点多到实验室，就没有停下来的时候，有时一直到晚上8点多才回公寓；再看看书，复习功课（下星期有两门课要考试），不知不觉已是一点左右了，第二天八点还得上班。现在实验室工作，每星期算20小时，假期算40小时，可是实际上干的时间要多得多。

每次看到实验室里那两个美国男孩整天说说笑笑，打电话聊天，而我和带我的研究生，赶得连话也没有多一句的。这几天××站在实验室里，累得腿都软了，我就怪老美怎么能这么轻松。不过他们俩干了快两年了，还没有一篇文章出来，就感到一点也不委屈他们了。

我的第一套实验数据已经做完，现在刚刚开始做动力学的，老板急着要月底发论文，催得紧，弄得我白天黑夜脑子里全是这些实验，琢磨来琢磨去的，没有停的时候。

好消息当然也有：我正想等两个月做熟之后和他商量做全天上班的事，争取多一些收入，以应付各项开支。前天，他却自己先来找我谈，希望我暑假能留在实验室做 Full Time（全工），另外，就

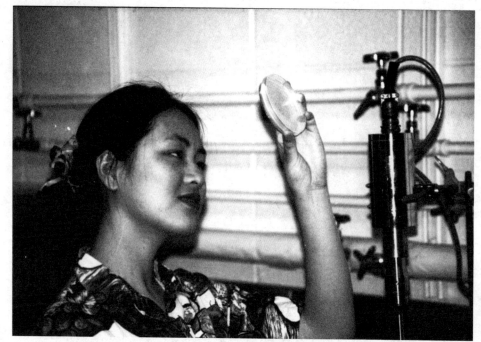

在马里兰大学生化实验室。

是这篇论文也有我的一份，他来问我，名字是怎么写的。只是这些
日子太欠睡，昨天，买了一星期的菜回公寓，闷头就睡，一直睡到
第二天 10 点多，感觉才好些。……

　　有付出必有收获，大学一年级的女儿发表论文了，论文的署名
虽然不是第一作者，可那是跨出去的第一步。当读到"这篇论文也
有我的一份，他来问我，名字是怎么写的"的时候，我也高兴极了，
那两个美国男孩总是在打电话聊天，说说笑笑，那到实验室来干什
么？白白浪费钱，美国佬真是钱太多了。

　　一直没有空，因为要拼命赶着给老板做事，每次虽然日程上安
排是五点多下班，可总是要呆到七、八点钟。老板的计划是：我已经

完成了一种单酶的光化学产物分析，接下去要做一种变种酶的分析；这两种数据完成后，如果有比较意义的话，再测定变种酶的动力学常数。希望这学期能把这几套数据做定，老天保佑一切顺利。

又：

星期二放射性硫运到之后，就开始做DNA Sequencing(DNA顺序)，我自己有四个样品要做，另外××也有三个要做，因为她现在无法确定自己是否怀孕了，又不好意思告诉老板，于是我就悄悄地替她做了。结果七个反应一起做，实在是累得够呛。头一次胶片洗出来，我的倒还有，只是很淡，××的上面却压根就空空如也。于是调整了一下，又重新再做，结果第二次胶片出了问题，又作废了，这两天在做第三次。平时这实验一次三天，这星期不到六天就做了三次，真是火大得很。

又：

上学期修了门职业问题课，除了介绍化学专业的就业、前景、各公司的特征情况外，很多内容就是对学生作为科学家的道德教育。正直和诚实是做人的最基本品质，对于搞科学的人更是如此，不然，引起的后果是不可想象的。说起这些，我真的很感激你们当初下决心把我送出来，在这里做人究竟要比在国内舒畅得多，痛快得多了。现在看起来，也许我这样的人在中国是不大站得住的，而在这里，特别在大学生里，鼓励的就是这样一种气氛……

又：

记得我还是一年级新生时，一点工作经验也没有，而被教授允许进实验室工作的情况吗？当是并不仅仅是我的分数特别高，更重要的是，在课堂上我会与教授辩论，甚至于顶撞起来，有时还是我对的，教授认为像我这样的人值得给予一个机会。最近我又去拜访了他，才知道当初让我进实验室的真正原因。要是在中国和教授顶撞起来，也许会被踢一脚的……

又：

……我那两次顶撞他（教授），居然让他特别满意，后来他告诉我，当他听到我说，我不想按他说的那样做，我想用我的办法做时，他特别高兴，这说明我在自己用脑子想办法解决问题，而不是听什么做什么，这是最重要的。

又：

这学期一共有两篇大的Paper（论文）：一篇是生物课的，自己选择一个Biological system（生物学系统），挑选一个Gene（遗传因子），Paper的第一部分介绍这个system和gene，以及为什么要做这个实验等等，就像标准的Research Proposal（研究计划）一样；第二部分是实验过程，我选的是我们实验室所研究的这个系统。春假里反复看了几篇老板的Paper，把第一部分写成了，前几天就先给教授看，因为实在吃不准，搞生物的对酶化学的内容是否感兴趣，也不知道自己是否把这个课题写清楚了，结果教授看了当时就说"Great（很好）"，给了我一个A。教授说这是我的第一部分，问我是不是真打算做？我回答是的，他就说我要是真的做成了第二部分，根本就不用写他一定给我个满分，然后我们就一起讨论了怎么做。我把我初步的打算告诉他，教授觉得可以，然后就是一些Detail（细节）的东西，教授修改了我一些设计错误。

又：

……这学期当然还有其他方面的收获，主要的就是实验上。当初我选生化时，主要担心的也是自己实验不知能不能做得好。你们知道我从小其实是很粗心的，做起事来也毛手毛脚的，这个学期不但在实验室，也在我修的分析化学课上训练了很多，自己感觉收获很大。记得这学期的第一个实验我只拿了一个D，那时非常丧气，可是不断做以后就越做越好，后来的实验就都能拿A。最后还剩一些时间，又回过头去重新做了第一个实验，现在做起来就比较有把握了，基本上都能准确到3‰以内，最好的一次误差只有0.004‰。在实验室里也是这样，第一次做动力学的时候，误差大约有16%（动力学时间，误差在10%之内是允许的，3%左右算是好数据)，第二次做就只有3%误差，最后一次误差只有1%。现在回想起来，人真的是有很大潜力的，只要能用心好好练习，没有什么事是做不成的。……

又：

　　星期四要在西海岸开酶催化学术会议，正好是我的教授讲课，讲的又正好是我的课题，于是拚命地赶实验数据，会议前两天连着赶了二个通宵，总算皆大欢喜，教授拿到了初步数据。会议很成功，反应也很强烈，讲完后很多人上来问问题，那会儿感觉真是好开心。……

又：

　　这半个月就一直泡在实验室里，实验做了一遍又一遍。说起来也是一直到现在才尝到一点不顺利的滋味，想起从前的那些又算得

在马里兰大学生化实验室。

了什么。这个学期一直做的是分析化学方面的东西，不管做得好不好总是有东西，有结果，不过是提高准确度的问题，现在自己要做 mutant(特变异种) 了，才感到真难，真的。原理上很简单的过程，做起来却有很多实际的问题要考虑，又没有书可查，没有现成的步骤让你跟着做，只好一边摸一边做，又是一个环节都错不得；到最后没有做成，又只好一步一步地查下来，也不知是哪一步有问题，少说也做了五、六次了，这几天才刚有点面目。最后的产品还没有拿到，所以现在也不敢说一定做对了，万一还是 native(天生的)，不是 mutant(特变异种)，还得重新再来。不过现在也不愁这些了，知道吗？有时候很多根本料想不到的事发生，真让人哭笑不得，也只能说自己运气不好了。比如，谁知道冰箱里我用的那一瓶抗生素 Amphicilin 是失效的呢？那几天真是被它搞得摸不着头脑，做什么没有什么，出来的现象都怪怪的，把我弄得信心都没有了。后来其他人做的东西也都出了事，种种迹象推断过来，才想到是这一瓶药有问题，当时直感叹被它骗得好苦，又好气又好笑的，又心疼一个多星期被耽误了。又有一次，我做了一整天好不容易提取出来一点 DNA，谁知最后提纯时用 phenol 一洗，竟全溶解在那里没有了。当时已经 8 点多，实验室一个人都不剩了，我本来还高高兴兴地看到今天 DNA 得率很高，结果一下子全给毁了，又不知道为什么，查书也查不到，只得垂头丧气的回家。第二天一问，才知道那一瓶根本不是 phenol，是那两个学生用完了又装了别的东西，差点把我气疯了，再想想又大笑，谁知道会出这种事呢？……

我自己这辈子一直追随着文化生活，一直在电影制片厂工作，也可谓"见多识广"，但对实验室，总是那么陌生，女儿的来信给我补上了这一课。实验室生活对我来说很神秘，虽然 DNA、动力学、酶催化、变种等新名词我逐步地认识了、熟悉了，只是不知其然，更不知其所以然。

　　实验室是科学的殿堂，揭示着人类和自然界的一个又一个秘密，在我们眼里，那是神圣的居里夫人、杨振宁、爱因斯坦……把自己整个生命投入在科学的探索中，提升了人类认知的一个又一个台阶的地方。女儿踏进了大学实验室，是打工，是谋生，更是科学的耕耘。

10

走向成熟

最近有一件事，使我很不安，有机化学课我不如上学期那样占绝对优势了，记得第一、第二次期中考，我都落在另一个男孩的后面，第一名让他拿去了。当时对我来说，是个打击，尤其是想起前两个学期，每次我都比第二名还遥遥领先许多分，那滋味可真不是好受的。当时，他居然还对我说："Sorry, SHU OU, I take your position away."（舒瓯，很抱歉，我替代了你的位置），我虽然对他说："Congratulations to you."（祝贺你）但他那种胜利者的表情，还是一直映在我的记忆中，让我难受了好一阵子。好在后两次期中考试后，我的积分又跃到他前面去了，在期末考之后更是稳拿第一了。那阶段情绪波动，一直深深留在我的脑海里，让我反思，我为什么无法像从前那样高高在上了……另一方面我在想，我为什么会那样难受……

回忆起女儿的过去，她经历了一场又一场的考试，从来没有考砸过，似乎大都是第一；只是在初一时，她参加上海外国语大学成人自学考试，仅得了七八十分，也算是大学外语水平了。但是，每次的成功，都在她心里增添了一层压力，因为她怕下一次，万一考"砸"了的压力。我们一直担心着，人不可能是常胜将军，胜败乃兵家常事，第一名只有一个，而且不可能永远属于一个人……身心的健康发展，精神的愉快是很重要的，何况成绩并不是唯一代表学习的好坏。因此，那天读了她的这封信，我们感到女儿虽然优秀，但显得不成熟，为什么别人不能得第一名？为什么自己没有得第一名会那么难受？在竞争的环境里，要经得起啊！女儿。

好在信的后半段使我们放心了许多：

我知道自己从小就是个很好胜很要强的人，有种无法容忍别人比我更强的脾气，近两年来我也确实懂得了很多，也知道人不可能是全能的，总有不成功、不如人的地方。老实说认识到这一点对自己是个很大的解脱，也不会把自己 Past too hard。也许是去年的绝对优势，又使我忘了这一点吧！使我在失败来临时又感到无法忍受，我想这两次小小的不尽人意的失败对我倒有更大的好处，让我睁开眼睛回到现实中来了。

修哲学课也真有好处，提高了她对人、对事、对物的正确分析与判断力，对自己的把握也成熟多了，这是她的一大进步，我们对她的进步感到很欣慰。

她来信说：

……现在回想起来，对书本上现成的知识看得淡多了，对从前那种不断记忆，想要把书本上所讲的，像印一样地刻在脑子里的学习方法，也有些怀疑它的正确性。我承认一定的基础知识是必要的，但我想要发展，要探索，要搞出一些什么来，更有必要让我的头脑里空出一片思考的余地，接受的旧知识越多，思想上受到的禁锢或许也就越多，不管怎样想，总是回到旧的思路上来……这大概也许是很多所谓出身"书香世族"，接受过很传统的教育的人的一种缺憾吧。……

又：

在马里兰大学校园。

　　暑假里的课也只剩两个星期就快结束了，倒是实验室里一直不顺利，做了两个多月，回过头来看一看，还是在原地打转，没有一点进展。当然学是学了不少东西，自然的总是"从失败中学到的更多"，只是想只剩一个月的时间，接下来是好是坏、是顺是逆也全无概念，我一走又没有人再来接手做，这个课题就算作废，心里就不由得着急；倒是老板常常在安慰我，让我慢慢来，只是自己心里总觉得很别扭。不过话说回来，这是我第一次碰到可行性不定，风险比较大的实验，对我既是一次考验，也是一种警告和教训。以后我真要是一辈子干这个活，碰到的这种事真得不胜其数呢。这两个月实在是最便宜的让我尝尝这种滋味，明白这个道理的方式。

女儿开始成熟起来了，这让我们比听到她得满分、荣誉称号更高兴。女儿在学习的道路上一直一帆风顺，太顺利了，以至她一度把考分看得太重了。我们一直担心她，万一考砸了，她自己不能承受怎么办？在学习路上，她应该经得起坎坷，能跌倒了再爬起来才行。记得有一句名言："在科学的道路上，是没有一帆风顺的道理，只有勇敢攀登的人才能到达科学的顶峰。"

总的来说，我还是觉得这个学期的收获挺大，虽然课程比较难了一些，但觉得学到很多东西，觉得自己比起去年这个时候的我，是知道得多得多了，而且学习的思维方式也改变了许多。在高中的时候做各种各样的难题，玩各种各样的 Trick（技巧）来做题，自己也很得意，现在想起来那些不过是教科书里及应付考试的参考书里，精心堆砌起来让你玩玩 Trick 的典型的课堂作业而已，离真正的科学，其距离不知要差多少。现在，我反正是不再对那些 Trick 感兴趣了，虽然有时还需要用一用，但这决不是目的，因为科学并不靠这些事先设计好的，完全依靠偶然和巧合的东西发展起来的，科学是未知、是严谨的推理、合理的假设、细致精确的实验，还有就是不断推翻旧的理论，构造新的假设，哪里有那么多漂亮的巧合，来让你推导到必然的唯一的结果。说到这里，还有一点是我到这里才知道或者说体会到的，那就是科学（数学和理论物理除外），从来没有绝对固定和正确的东西，看一看科学发展史就知道，科学依靠事实或实验，而实验总是在推翻旧的理论，而从来不能绝对证明某一理论是对的。如果实验事实不符合理论导出的结果，则理论必然是错的；可是如果符合呢，只说明这一个实验结果支持这一理论而已，却不能证明这一理论一定正确；将来，更多的实验也许继续支持这一理论，然后我们就逐渐把这一理论看作为真理，或者几百年之后又有一个实验把这一理论推翻。人们做研究就总是这样一个不断 Disprove（证明）某某理论不成立，却从来不证明任何东西的过程。这真是一个很恐怖的概念，开始也真的让我觉得很困惑很丧气，但这是事实，我就只能接受它，而且必须 Keep in mind（保持这种想法）。……

女儿在学习的路上，一天天显得成熟了。学习一个个理论，又去推翻一个个理论，顺利的时候她高兴，实验不顺利了，她反复琢磨，一次次设计方案，一步步跋涉。不过，也真的很辛苦。

前面一个周末，我刚拿到教授新给我的 DNA Priner，星期五在那儿看书琢磨了一下午，实验具体应该怎么做；看到后来又兴奋起来，差不多都琢磨透时，已是五点多了，就等不及开始动手做了，结果那天晚上做到 12 点才回家。因为要赶着实验的时间，第二天早上 7 点多又赶紧回去接着做，干了一整天，差不多晚上 10 点才到家，星期天又去了半天。星期一开始赶紧复习功课，连着考了三天试……课堂上的事儿是完了，只是那实验没成功，星期二早上去，看见那养基盘上空空如也，好生丧气。本来我也知道头一次做新的实验差不多都是不成的，只是那个周末没命地干，结果还不成，可真有点儿生气。星期二上完动物课就跟老师讨论了两个多小时，商量怎么查哪儿有问题。接下去的一个周末，就做了好几个 Control 实验在那儿找问题，一边在赶星期二要交的生物课的 Paper；星期五晚上在实验室一边做，一边有空的时候就打稿子，到凌晨快三点才回家；星期六又做了一天，星期日去了一下午……Control（控制）实验的结果出来，又去和老师商量了半天，上周末又重新把实验做了一遍，这回可终于成功了。你们可知道星期二早上我拿到 Positive Clone 时心里多开心，总算那三个星期没日没夜地干没有白费心血。现在回头想想又觉得自己还挺运气，三个星期就做成了，可算够快的了，××做的差不多和我一样的事，可她不是这儿出毛病就是那儿有问题，最后到现在做了一个学期还没做成;去年暑假里 Project（实验）没做成，后来又给我"抢"了，倒觉得有点 Guilty(内疚)，好像挺对不起她似的……

又:

在美国接触了一些人，教授、同学、研究生，别人都觉得我是个特别沉静内向的小孩子，其实了解我的人，觉得我看上去柔弱，其实内心挺"犟"的，对有些问题讨论起来觉得我挺"老"的。妈妈，你是不是也这样觉得? 人家说在我身上有些别人身上不多见的东西:责任心强，做事追求尽善尽美，不肯马虎，比较注重精神生活，喜静，珍重那些高尚的东西，在这一个很现实的环境里，努力保存一些很多人觉得是过时了的信念……

世界上美艳的光环往往与"娇惯"连在一起。拥有娇艳的心爱之物，虽让你赏心悦目，却也会让你隐隐担忧，怕不小心损坏了它，怕毛手毛脚玷污了它，得时时呵护，其实成了你的负担。看见女儿照片的人都说，女儿长得眉清目秀，娇小可人，有着没有修饰的清纯和自然美，又是一位成绩优秀的佼佼者，上大学、读博士、领奖台上、学术会上……一顶又一顶的桂冠加在她的头上，但她并不娇弱，这是真的。

想当年当女儿踏上美利坚国土的时候，迎接她的是孤独无助;在陌生的环境中，又经受囊中羞涩的尴尬。女儿经受住了这一切，她是倔强的，正是她孜孜不倦的脾性，使她不满足于现状，努力追求超越。

女儿自己也这样认为，她在一封来信中说;

……科学理论的不确定性已经是这样。即便是已经被普遍接受

在电脑前。

而几乎等同于真理的定理或理论，又能告诉我们一些什么呢？其某一过程也许是有规律的，但它的发展取决于其起始点，在这一过程中，起始点的不断介入，终将对这一过程产生足够大的影响，以至于其从有序变为无序，而这一过程的结果也终将从可预言变为无法预言，这是20世纪继相对论、量子力学之后的第三大科学——混沌科学。而可悲的是，只有这一理论不需要证明，因为它是建立在数学基础上的（这也就是数学的魔力所在了，我们可以怀疑一切现存的理论，却唯独没有人能怀疑数学，似乎只有数学才是唯一的真理）。混沌存在于现实世界的每一处，从气象预报到人的脑电图，从社会经济到一支烟头的熄灭过程，混沌无处不在，于是即使是严格遵循某一极简单的定理的过程，也会因为其起始点上的变化而变得无法预言。一只蝴蝶在伦敦上空扇动一下翅膀，足以在几个月之后，引起大西洋上的一场风暴。……

又：

科学对于我来说，不仅仅是现有的公式、定理、顺序，我们的头脑也不应该变成储存知识的仓库，科学更是一种态度，一种精神状态，一种过程，是人类不安于接受自然或任何神明的奴役和摆布，要求探索、了解，要给这个杂乱无序(表面上)的世界，找出一个可以寻求的规律，可以驾驭的系统。这也正是我所感到人可以为之骄傲的地方，就是那种不安本分的挑战精神。

我尤其欣赏女儿的这种挑战精神，正是这种精神，使她在学习过程中，不断地有着自己的新天地，读着她给我们的每一封信，她总是兴奋地与我们谈起她专注的深刻的科学理论，我似懂又非懂，女儿成了我的老师！

" 女儿的思念

留学生到了美国之后，远离了她熟悉的故土，远离了祖国亲人，特别是我女儿，当时只有 18 岁，比起大学毕业后去美国闯天下的大哥哥大姐姐们，思乡之情更加浓厚。大学四年的人生经历是一个人成熟的关键，这关键的时刻，我女儿是在遥远的大洋彼岸度过的。回想起女儿在身边的日子，父母爱着，父母管着，她也许感到有点烦，两代人免不了有着代沟，也许父母的爱不能进入她的心灵；但一旦分离，可想而知的孤独、无助、压力……会像炮弹一样向她袭来。这日子是够她受的。

多少个日日夜夜啊！靠在实验室打工的收入支付了学费、房租，在高消费的美国，日子仍然过得紧巴巴的，她仍然打不起越洋电话，当你与亲人通话时，正当感情投入之际，想到的是，每秒每分都是钱，都得你付出时，实在是很煞风景的。这使人想到清茶一杯，与亲人朋友不着边际叙谈，那茶逢知己的时刻，这悠闲之情是何等可贵啊！当你还要算一算，你能付得起多少时间电话费的时候，向亲人倾诉一下自己心灵，是暂不可能的事，打越洋电话对她来说仍是一种奢望。多令人扫兴啊！

记得一次节日，有短时间的免费电话可以享受，后来她回忆说：

前几天突然有机会给你们打电话真是想不到的事，可是我总觉得这样打电话，真是不过瘾，还不如写信来得详细。平时心里积累了很多的话，到那个时候都不知道说什么好，又想着每一秒钟都要花钱，都匆匆忙忙地想说话，愈是发急就越找不到话来说了。"Business"性质，总是"你好吗？""需要什么？""要当心！""时间到，再见！"打完了，心里总是感到很失望，唉！要是打国际长途也能像打当地电话一样，心里有什么事，遇到了什么事想说说废话，都能拿起电话来聊一通该有多好。记得以前，每天晚上吃晚饭的时候，总是聊聊天，把一天想说的话都说出来，多高兴！现在是没有这样的机会了，有些话只能和最亲的家里人说，也只有最亲的人才会耐心地、专注地听你的倾诉。在这里，大家彼此虽然很友善，可大家也都很忙，都是匆匆来匆匆去，各人忙各人的事，哪有

在杜邦公园。

时间来听你讲废话。……

又：

每逢2点多，是邮递员在信箱里一封封分信的时候，我常在这里等上一刻多钟，为了能拿到你们的信。当看到我收到意外的信时一副欣喜若狂的样子，人家总把我看成是一个孩子。……

又：

这两个星期一连收到你们几封信，真是高兴，在天天忙得团团转的日子里，最能让我心情舒畅的就是收到家信的那一刻了，只是我却没法常给你们写信，想起来也是有些愧疚……

又：

昨天收到你们的信，附着亲人的照片，真有些百感交集，不知不觉地就有些想哭。真是久违了，亲人的面孔！看到那些熟悉的脸庞和笑貌，很多许久没有的感受一下子涌上心头，说不出是苦、是甜……我已经不愿意回头去看，想来我希望的东西，得到了很多，但我已拥有的珍贵的东西，也失去了不少，福兮？祸兮？也都已经无可奈何了。前面还有同样难走的、长长的路等着我。……

又：

那天晚上突然听到你们的声音真高兴，妈妈的声音还很熟，只是爸爸的声音虽然还听得出来，却变多了。不知为什么我现在常常做梦，梦到回到家里回到中学里了，早上醒来总有一种孤零零的感觉。我一向独来独往惯了，可从前总有家有父母，我知道有人保护我，心里总感到很安全，现在最关心我的人可都是远在天边了……总不免有种失落和惆怅的感觉，觉得自己在这里什么都没有，除了自我，所能依靠的也只有自我了。

又：

这是我第一次去老板家，看到她的女儿才两岁，长得又高又壮，两条小腿咕咚咕咚地跑得可快了，又能自己吃东西、倒水、拿菜、翻图画书，吃完了还自己用餐巾擦桌子，可有趣了。让我不自觉地想起颖颖来（表哥的女儿，仅一岁时，女儿离开中国），她现在也该高多了，会稳稳地走路，会说很多话了吧！

又：

常常做梦，梦到不是你们来了就是我回去了，醒来发现后真的就好失望。还有一次，我梦见陈新、李嘉、禹璋（女儿的表哥、表姐）在我后面赶过来，我非常高兴地说，以后我们又可以在一起了；可他们说，不，我们还有事，随后又各自走开了，这个梦做得我好伤心……

年仅18岁的女儿，当她离开了终日与她生活在一起的父母，离开亲戚朋友，离开儿时嬉闹的同学，离开同辈表亲后，那份孤独，那种思念，也许是一个留学生最难度过的一关了。人类是一种群居而且是情感世界最丰富的生物，女儿的表姐表哥们，虽然他（她）们与我女儿性格各异，爱好不同，各自走着人生的路，有时简直是一个向左走，一个向右走，有时又为了一点小事闹着吵着，但一旦离开了，又都彼此互相思念。这不，女儿在美国梦见他（她）们了，使我想到"距离产生感情"这句话来了。人往往是得到的东西并不珍爱，一旦失去了，便顿时感到当年是如此的美好，特别值得思念、留恋。

记得在女儿小的时候，我经常去外景地拍摄。每当我从外景地回家，妻总告诉我，当有人问女儿："爸爸到哪里去了？"女儿就回答："爸爸干革命去了。"再问："你爸爸什么时候回家？"女儿说："到映山红开了，爸爸就回来了。"这是电影《闪闪的红星》里小冬子的台词。在女儿牙牙学语的当时，就引发了大人们的一片嬉笑声。记得一次我为了拍《长江》纪录片，一度一出外景就是三个多月，为此女儿对我拍摄的这部电影纪录片留下了深刻的印象。想不到在她去了美国后的一次偶然机会，竟听到了电影"长江"的插曲，引起了她的感情波涛。

很久没有收到你们的信了，前天突然收到家信，如获至宝似的，现在唯一的娱乐也就是读读自己的家信了，你们多多地给我写才行。上星期，××找来两盒中国的录音磁带，竟都是七八十年代的中国电影插曲录音，正是我小时候就听熟了的，一听这些歌曲就想起小时候的事来了。当听到一首《长江》电影的歌曲时，不知怎么的，鼻子一酸，眼泪就直往外冒，那是爸爸拍的纪录片《长江》中的电影插曲，我激动得什么都不想干了，最好马上跳上一架飞机回家去。想起小时候家里条件很差很差，生活得那么简单，却那么安全；我累了，有温暖的被窝可以躺着；我害怕了，可以躺在妈妈的怀抱里；我受委屈了，爸爸妈妈会听我的倾诉……Anyway(无论怎样)，我庆幸自己现在没有经济能力，想回家就是回不了家，艰苦的生活可以造就一个人；再说，我现在正在做我想做的事，是我从小做了千千百百个梦想要做的事。怀于安，贪于乐，失败名，是我的生活格言。……

思念的情，思念的事，又是那么多，那么缠身，特别是在中国的大年夜，家家都欢欢喜喜、忙忙碌碌地准备着，一家人团团圆圆地坐在一起，享受着节日的喜庆，欢乐的时光。这时在海外的学子，我的女儿又是怎样度过这中国最隆重的节日呢？

星期一大年夜晚上，××请许多化工系的同学吃饭，我也一起去了，在那里帮着烧菜、包馄饨，一起团团的围在圆桌边一面吃一面闲谈，一直到半夜才散，倒很有些传统的在中国过节的味道。
又：

上星期五是中国的大年夜，我去参加了圣经班的一个Party。这一次，真是个"各族人民联欢会"，三十多个人，算一算倒有来自十几个国家。在那里先是大吃一顿，然后谈笑、玩游戏、拍照片，一直到12点钟声响起，迎来了新的一年才回家。……
又：

在马里兰大学校园。

在这里，在中国学生会上看了两部中国电影《毛泽东和他的儿子》和《开天辟地》。说起来也好笑，在国内从来不看这种电影，在这儿看得很起劲；还有《人民日报》，在国内也不怎么爱看，在这儿订得很起劲。想来我们的血管里流的总还是中国人的血脉，走到天南海北，也总还是中国人。尽管在国内怨三骂四的，可骨子里还是爱中国的；不管中国变成了什么样子，爱国是不需要理由的……。

又：

春节的前一天，陈刚接我到他那里去看中央电视台转播的中央台的春节联欢晚会。在马里兰大学从来没听说过有这个中文频道，更不用说看联欢晚会了。据说只有西岸沿海一带的电视台才有，这大概也可算是搬到加州来的一大好处吧！不管怎么说，三年没看了，一下子又见到那些还很熟悉的形形色色的面孔和声音，觉得特别激动。

在美国，每年的12月25日是圣诞节，接着就是元旦了。圣诞节前是美国的感恩节，这是在每年11月的第四个星期四。元旦后就是中国的春节了，在海外的中国人几乎都保留着这个传统的民俗风情。这些节日，对于刚来到美国的女儿是无缘的，她在这些日子里仍然到实验室工作，或者沉醉在她的书本里。只有中国的春节，美国人不过的节日，女儿与中国留学生都会那样留恋，再忙也要在一起聚一聚，看上一次中央电视台的新年联欢转播，有时看着看着笑了，有时看着看着流出了泪花……这是一种对祖国的思念，一种民族文化的传承，更是一种酷。

12

文理齐进路漫漫

封封女儿的来信，记载着她的优秀成绩。

这三个星期忙得团团转，连走路都差不多是小跑，总算没有白忙，实验做成功了，可算是够快的了；三门课也都考得不错，几篇 Paper 也都拿了 A。今天考完最后一门课回到家，躺在床上又开始感叹起来，人在紧要关头真能逼得出来，简直像做梦似的，回头想想都有点后怕，不过还是挺高兴的，觉得这几个星期过得挺值得的。……

又：

生物老师约好，带给我下一步实验需要的东西，到那儿讨论完实验，又把期末考试的卷子递给我，又是满分；和期中考试、研究报告结合起来，我这学期拿的全部是满分。我当时看到这个就笑起来，想起就连小学也从来没有哪门课整整一学期都是满分过。教授也说，他从来没有给学生全部满分的，"But it is so hard not to give you." ……

又：

这次考试考得比较好，心情就很好，生物课平均分是 75 分，我得了 98 分，化学测验满分是 4.0 分，平均分是 2.6 分，我这个班平均分是 2.8 分，是由于我拿了 4.5 分（做对了附加题）。我的生物实验报告写了整整六页纸，花了两个晚上，在电脑上修改了两次，得了 28 分(满分是 30 分)，是所有学生中最高的，特别高兴……现在我感到学得不很吃力，每天到晚上 12 点就没事了，蒙头大睡到第二天早上 7、8 点；室友们为了应付考试每晚做到 2 点多，我很不好意思，好像整天在睡大觉似的……所以希望下学期再多修一些学分。下学期决定修六门课，大约 20 个学分左右。学费很贵，在 12 个学分以上学费都是一样的，所以，早些读完为好。……

又：

考完了免疫学，昨天又考完了线性代数。昨天听教授说，TA 告诉他，考生中我是得了最高分，这一下可乐坏了我。想当初，这是只给动物系荣誉学生和研究生上的课，我要注册还怎么也进不去呢！求教授写了推荐信才收下了我，我仍得了最高分，给推荐我的教授争了口气。……

这是她的专业课成绩，那么其他功课呢？

千百年来"鱼和熊掌不可兼得"，这句话在人们的心目中已经根深蒂固，据说，想要打破常规需要勇气，更需要智慧和毅力。评价一位学生成绩的好坏，一般老师会回答，这个同学的文科好，理科不怎么样，或者文科差些，理科不错，更有单科拔尖者。有没有文理齐进，"鱼和熊掌兼而得之"呢？

女儿来信说：

在美国读书最倒霉的是历史课，因为老师理所当然地认为，每个学生在中学里就学过美国历史，可我是中国人，一点基础也没有，连课本也没有。买了七本历史书都是针对各个历史阶段的，而且是不同风格的历史学家所写的，上课只是着重分析美国的社会制度、经济状况、文化观念和背景、宪法规章，以及一些有影响人物的观点、背景、家庭、风格等等；讲得的确精彩，书也写得很好，分析又很透明，但太花时间了，一个星期几百页的阅读，每周一次小测验，还有一篇10－20页的报告要写。……

又：

为了历史课的一篇Paper，要看一本700多页的书，然后选一个Topic，主题是美国的Civil Right Movement。让我头疼的是会不会合美国TA的口味，因为课文涉及人文科学的事，中国学生总是比较吃亏一些，不仅是背景知识不一样，基本思路、观点有时也不太一样。记得去年夏天修哲学课的那一阵子，真是脑筋最费力的一段时候，那次整个班级除了我，所有的其他几个东方学生考试都得了C和D的低分……

又：

上星期虽然没有考试，但一直在写英文课的Research paper，我选的题目是英国小说史中女作家的比较，结果上星期一连看了十几本文学理论书，然后在那里拼命写，星期日才把初稿打出来，从两点打到八点。……

又：

真正花时间的课不会太多，其他文科方面的必修课，要拿个A还是轻松的，不必花太大的力气。说起来好笑，譬如这学期的宏观经济课，学了半天，几次期中考试都是我第一，那些经济专业的老学生们倒一个个拿的B、C、D一大堆，也不知这些美国人怎么学的。像暑假里的微观经济课，上学期的环境课，还有这三个学期的数学课等等都是这样。

又：

你们一星期就寄来一封信，真开心，真希望能常这样。这学期学哲学课很有意思，只是给人的震动也确实太大了。我觉得以前总是忙忙碌碌地活着，专注于每一件事，学这个、练那个，可是所有这一切的忙忙碌碌，所有的知识、道德，以至于这个世界本身究竟是怎么一回事，我还没有认真想过。现在学着这门课，才开始发现，原来我感到理所当然的许多事，竟如此充满了疑问，如此扑朔迷离，如此无头无绪，想到这里就有些茫然了……

女儿好像什么都感兴趣，什么都想学。有人说："你女儿读书读傻了。"真是的。在美国留学的岁月，虽然攻读的是生化专业，但仍热恋着文学。她来信说：

一有空，经常去学校图书馆，在我喜爱的书本里遨游一番，真是无比的享受，令我心满意足。学校图书馆还附设有一个小小的东亚图书馆，虽然书不多，版本也旧，但对于我想读一些来自祖国的书的愿望，可以满足了，足以成为一个天堂了。《家》、《春》、《秋》、《寄小读者》、《朱自清散文》、《红楼梦学刊》都是我喜欢的，兼之鲁迅的《坟》、《朝花夕拾》等，有着这些书作伴，足可以打发一个又一个长长的寂寞的夜晚了……

又：

借了中文书《聊斋志异》和《儒林外史》来看，《聊斋志异》还看得下去，一直放在枕边，有空时就翻翻，可以维持很长一段时间来接触中国文化。巴金的《家》、《春》、《秋》早翻烂了。……

又：

虽说没什么玩的，但是有一本好书，一个人静静呆着没有人打扰你，尽情享受一下书里的乐趣，沉浸在书的世界里而没有琐事来搅扰，实在也是一大乐事。这样的日子，自从我来美之后到现在，实在是太少太少了，因而也显得弥足珍贵。

又：

……前几天和××聊天，借了她摘抄的一本诗集来看，真是如获至宝，当天晚上看到半夜，还摘录了许多，真是久违了的令人激动的声音！到这里来之后天天就在实际的事情里忙碌打转，没有什么时间好好地想过什么深层次的事，特别是上一个学期，简直觉得人也快变俗了，生活也觉得有些百无聊赖了起来，读到了这些才觉得我从前缺少了些什么。我想人的头脑和心理总是需要平衡的，不然大概会发疯，你们下次寄包裹来时，能不能也寄两本诗集来呢？最好是北岛、顾城的，舒婷、席慕蓉、王蒙的也不错，还有这几年王朔的作品似乎是风靡一时，在这儿就有所耳闻，上次还看了一集根据他的作品改编的电视剧《编辑部的故事》，确实大有钱钟书的《围城》之风。如果可能的话，是否也寄两本他的近作来呢？……

在记忆里，曾听说过爱因斯坦也热爱艺术，能拉一手好琴；我认识的上海中山医院院长杨秉辉教授，除在医学上的建树，去年还出了一本画册，画的是西洋风光风情钢笔画；复旦大学数学家苏步青教授，不仅在数学上卓有成就，还精通诗词，并写得一手好字。他们的多才多艺使我佩服。几个月前，我去上海复旦大学王教授家采访，他最近被评为中科院院士，非常喜欢听音乐。他同我谈了这样一段话："艺术是形象思维范畴，科学是逻辑思维范畴，科学与艺术好像金字塔的下边，看起来相距甚远，但是它们的顶端是相接的……"这番话多精辟呀！

当我去美国探亲时，看到女儿的寓所里也有一间小书房，满壁的书架上，整整齐齐地放着一排又一排的精装世界名著：托尔斯泰、莎士比亚、莫里哀、哥德、巴尔扎克、陀斯妥也夫斯基等，体现了主人的爱好和情趣。在装着这些世界名著的书柜里，也放着我女儿在斯坦福大学实验室的一篇篇实验记录和论文，及发表在学术书刊上的论文，另外还陈列着斯坦福大学授予她"学院奖"的奖牌。不仅在她的书房，她的卧室、床边也放着书柜，真可谓东壁图书府，西园翰墨林。每次回国，去书店是她的一大内容，所到之处，每次都要背回一摞摞沉甸甸的书，伴随着她一起跨越太平洋。这书是她的所爱，每次我越美探亲，也伴随着我度过寂寞的日子。

去年到女儿家探亲，看到女儿终日在实验室里忙忙碌碌的，回到家有空时，还在看一本本厚厚的外文书，我禁不住对女儿说："应该休息一下了，不要再看书了。"女儿毫不思索地回答："爸、妈，我是在休息，我在看莎士比亚喜剧呀！"她把看书当成了休息。当时我愣了一下，后来想想也有道理，让逻辑思维的脑细胞休息一下，开动形象思维的脑细胞工作，这也许是另一种休息方式。

她最放松的休息，是收看电视节目的时候，一年一度的冰上芭蕾决赛实况转播是她的最爱。不知在什么时候，女儿爱上了欣赏冰上芭蕾的节目，兴高采烈时，会为每一位明星高难度动作的完美无缺而鼓掌，也会为一位明星的动作失误而叹息。当没有时间观看时，会嘱咐我们代为录下，之后另找时间观看。有时也会花上上百美元买票去现场观摩，如痴如醉，好似每一个动作所含的肢体语言，她都能理解其含义似的。对冰上芭蕾音乐的欣赏更是来自于她儿时拉小提琴的余风了。我欣赏她这五彩缤纷的生活。愿音乐、舞蹈的艺术灵感，激起她更多的科学思维的火花。

13

"蛋白质"女孩

回想起当年，女儿高中毕业了，将会选择什么专业呢？上世纪90年代的中国，电脑已悄悄地进入了我们的生活，电脑发展前景不可估量，于是学计算机成了流行，在今天看来却也确实成了不错的选择。当时，我们也曾劝说女儿选择计算机专业，女儿似乎当作耳边风，不接受，也没反对。在我们这个比较民主的家庭，也就不了了之了。在女儿的成长道路上，她的发展还是比较全面的，她喜爱文学，曾有过报考文科的一丝念头，只是想到如果读了文科，只是在报纸上发表一些豆腐干文章，不甘心而作罢。她的英语基础不错，高中时参加上海市中学生英语竞赛，轻松地拿了一等奖，所以我们曾建议她可以考虑报考英美文学。她说："外语是一门工具，我可以利用这门工具，学习其它专业。"又说："我要学好计算机，让它为我的专业服务才行。"

最终，女儿选择的是攻读生物化学专业。在当时，我们似乎是可以接受，只是对我们来说是陌生了一些。

去美国领事馆签证的那一天，女儿回来向我们介绍说，签证的人问她为什么选择生化专业，我问女儿："你怎么回答的呢？"女儿回答说："记得小时候，爸爸妈妈经常带我到公园去玩，公园里开着红的花、黄的花，非常漂亮，为什么有的花是红的，而有的花是黄色的、紫色的、白色的呢？公园里生长着各种各样的植物，为什么有的长得这么高大，而有的却是矮矮的总是长不高呢？还有各种各样的鸟儿……大自然真是五彩缤纷、光彩夺目，我很想知道这是为什么？上化学的实验课，两种或者几种试剂配在一起，竟会出现那样奇妙的变化，让我感到兴奋、刺激，我想……"女儿平时不太爱说话，在生人面前更难得开口，那天，她竟是滔滔不绝的说了一大堆。如果签证官不把签证的图章敲下去，她还会继续谈她的所爱，因为女儿已经深深的爱上了生化专业。

选读生化专业，带着憧憬，也许有点梦想，她飞越太平洋，来到美国马里兰大学求学。

三年大学生涯，她完成了四年的全部课程，她涉足生化实验室，发表了专业论文，上台领奖的荣誉学生有她。大学毕业后，来到斯坦福大学攻读生化博士，对生物化学专业的热爱，使她不断孜孜追求。

知道我想要什么吗？记得上生物课看录像，讲的是科学家们寻找和发现毒品影响人体的机理，以及与之相连的一系列重要发现。使我特别激动的不是别的，而是末了时这一群科学家所说的："当时我们拼命地工作时那种热望的心情，是难以形容的，那就好像是等待着一个婴儿的诞生，像是在黎明时等待着初升的太阳的心情……你知道这将是重要的发现，但却无法掌控它的来临，只是在寻找它，相信它会来临……突然，它就出现在你的实验室……我想我永远不会忘记那一段日子，因为很可能我一生不会再经历同样的时刻了……"这一段话，我虽然翻译得不好，可它牢牢地印在我心里，因为我要寻找的，我所期待的，就是这样的时刻。如果上帝对我仁慈的话，就让我一生中至少经历一次这样的时刻吧！在很多人的心里，似乎有一个体面的学历文凭，一份轻松而又收入高的工作，一幢房子、一辆车……就算很满意了。可我觉得生活不该是只由这些构成，应该还有些更有价值的，更值得看重的东西，否则就太缺乏激动人心的意义了。我们能连续工作几十个小时而不觉乏味，不是

在电脑前。

因为一些加班费或者晋升而高兴，而是因为找到了真正有价值的生活。这样的日子，在一生中也许像电光火石，一闪即逝，其它的日子只是由枯燥的、按部就班的、平平淡淡的时刻构成的，可是，一生中能有这样的一次、几次，也就足够，别无遗憾了。人的一生，总得做出一点什么事来，我不知道别人考虑问题时，是否考虑过这个。你知道我也很喜欢文学，闵老师曾建议过我学英国文学，我也不是没有做过这样的梦，可是当我发现我并不具备做文学家的素质，没有那种冲动的气质、敏锐的感悟、深刻的洞察力时，我也决不满足于做一个平平庸庸的投稿人，借报刊上偶尔发表的一点豆腐干文章以自怜自足，而是要找一条别的路。我之所以不学数理，因为我觉得我现在虽然学得好，可是我抽象思维的能力并不很强，至少不是一流的强。与其如此，我还希望我能在别的方面能做出一点什么来。学生化不仅是因为我喜欢，也因为我希望自己能做出一点什么来。老师和TA们常说，我做题目、做实验时，总是想得超过题目的本身，因小见大，正是实验科学所需要的。当然也可能我以后会发觉自己也不适合于这一行，也许还会改变，这很难说。历史上很多伟人都是尝试过、改变过很多次后，才找到真正适合于自己的路的，让我全心全意的试一试吧。不应在还没有放弃希望之前，就因为别的原因先放弃了追求的东西。你说李川哥哥改专业的事，我想固然也有你说的原因，可也是有他理想的一面。我听他闲谈时说起过，他那时正是读大学，充满理想的时候，他看到罗素的一本书，其中的引论中写道："书中的很多理论，其实很大部分不是凭推理而是凭物理学家的灵感和直觉得来的。"他想他要是能看得出其中有一点点"直觉"的地方，那他自己也许就算是有些成为物理学家的素质和灵性了，可是他只看得出书中全是推理，看不出一点"直觉"的地方。那一次之后他就觉得非常失望，觉得自己终究还不是当大物理学家的料，还是搞一些应用技术方面的东西合适。我不知多少年之后可能也会碰到这样的事，多少年之后可能也会发觉自己不具备作科学家的素质，但还是那句话，至少让我试一试。我想人生中至少该有一次全心全意地"试一试"，看一看自己究竟能有多少能力，能做多少事情。

从这封信中，我更理解了女儿的追求。当我女儿在马里兰大学时，我的一位朋友在美国，她的丈夫也是搞生化专业的学者，离我女儿大学不远，特地邀请我女儿去她家赴宴，她给我来了封信说："你女儿看起来，文文静静的，话不多，但一旦和老徐(他丈夫)谈起实验上的问题时，竟是滔滔不绝，一个一个问题，刨根问底似地提问，怎么一下子变得那么善谈了？"看来女儿和生化有缘，话一投机，也就问得多了。在她带着蛋白质课题赴斯坦福大学面试时，她也向斯坦福大学教授直言："不知为什么，好像从小到大这是我唯一喜欢的，想以之为职业的，而且除了 Science（科学研究） 我似乎什么也做不好。"说得教授们都笑了。当教授们一旦问起她的蛋白质课题时，她可以滔滔不绝地讲下去，教授们竟打不断她的话，她也有那么那么多的问题向教授提问，这时的她竟成了一个非常爱说话的姑娘。

在她给我们近十年的来信中，与我们交谈最多的也是关于她热爱的生化专业上的一个又一个关于蛋白质的点点滴滴，我们读了似懂非懂，但更多的是理解了她的最爱。

下学期要选很多高水平的主课，除了一门社会学课，选的全是专业课，物化、生化、物化实验都是必修的，又选修了一门生物遗传，一门研究生生化课 "核酸"，这门课大概还要和我的指导教授商量，有特准才行。在毕业之前，我还要一些 Research Credit，我想我一直在给老板做实验，下学期注册一些 Research Credit，应该没有什么问题吧！……

又：

这星期没有一天不过两点才睡的，周末也起得很早，怪累的。在实验室，教授又突然要我和××做 DNA 系列，这是很大的一个实验，一共有九个 DNA 系列要做，又足足忙了两天。昨天一边做，一边觉得脑子简直就不转了，有时手里在做，脑子却像在梦游一样，没有意识，傻傻的不知在干什么，自己也知道不对劲了，每做一步就特别小心，生怕出什么错。

又：

……实验很顺利，我的第一个变种的蛋白质已经提取出来了，而且产率特别高，有 80 多克，教我的那个研究生平时产率总是很低，只有十几、二十几克。他看了就说，怎么每次他教中国学生长蛋白质，总是到头来，做得比他好呢？为此，他不高兴了两天。……

又：

做了一个新的变种酶，这几天正在测试。说起一件好笑的事，现在我有"下手"了，实验室里新进来三个博士生，刚上手做实验，一批老学生和那个美国男生都要毕业了，每天忙着写毕业论文、联系工作、开会等等还自顾不暇，在实验室里，我居然成了待过时间最长的学生。三个新学生，一个是正式由我带，另两个学生虽然由两个美国学生一人带一个，可他们俩整天不在实验室里，所以有什么事都跑来问我。有时实验做到一半或自己想问题思路还没有理清的时候，总被人打断，心里还真挺恼火的，只好暗暗告诉自己要耐心，想当年我刚来时，也是这样。……

又：

这星期该是整个学期最忙的时候，前后有那么多考试，集中在同一个星期。前天晚上，从半夜一直到第二天中午，下起了大雪，一片玉树琼枝，雪地冰天，学校关了门。当时我正要去学校上八点钟的课，一身冬装全副武装，准备迎着冰天雪地出去，一个同学打电话来通知，今天因为下大雪不上课了。刚想再钻进被窝里去睡一会儿，猛然想起前一天在实验室进行的一个反应，应该在20小时之后要停止，不要出什么问题，于是又踏雪而去。化学楼里还是一片漆黑，一个多小时之后，才有其它人陆陆续续地来，见到我早早在实验室了，都很惊讶。好在老天有眼，这一次可没白去，实验数据的结果竟是意想不到的好，其中的细节，我就不说了。

又：

最新两期的生化杂志刊登着今年的评定结果，我们系在美国各大学的生化系中排名第八位，我们教授与其他几个比较年轻的教授的实验室，评为最好的酶生化研究室之一。怪不得今天一早去实验室，他们都乐滋滋的……

现在我每星期的头三天课比较重些，每天要到六点左右课才结束，四、五、六三天要去实验室。这两个星期因为在长蛋白质，人必须呆在旁边，所以两个星期天都加了班，周末小小的懒觉都睡不成了，不由觉得有些"气愤"。

又:

老板在对别人介绍起我时，说我真的非常"Smart"(聪明)，也说他很"Lucking"(幸运) 有我，说得我挺不好意思的，只好说，感到幸运的是我。不过心里还是挺高兴的，这是第一次他明白表示他很欣赏我。

又:

上星期起换了一个实验室，教授是做蛋白晶体和X衍射解晶体结构的，这是我以前一直很感兴趣但没有机会着手做的一面，这一次可让我做个够了。上星期算是"技术性培训"，养了T4 Lysozyme晶体，周末来看时居然还真有几个培养皿里长起了大晶体。这个周末试着长PAT晶体，昨天在显微镜下竟看见许多超级的大晶体，想了半天觉得不像是蛋白晶体，倒像是溶液里的盐结晶了，看来需要提纯一下重新结晶了。另一个蛋白UL9特别容易聚合沉淀，总是没法溶解它，更别提结晶了，后来还是一个Harvard(哈佛)来的同学，建议调整一下溶液的PH值，昨天下午试着把蛋白质溶液环境从PH7.8降到PH6.0，居然真的有效，雾状的液体一下子变澄清了。于是连夜设起了UL9的结晶培养皿，今天再来把处理后的蛋白质"消化"一下，跑一跑胶，看一看这个过程有没有使蛋白质变性。这个周末，教授出差回来，也许还会教我长RNA晶体，总之这一次可让我把蛋白晶体玩够了。

当女儿以优异的成绩获得斯坦福大学博士学位的称号时，研究的课题仍是生物酶催化，包括蛋白质催化与核糖核酸催化，金属离子在核糖核酸催化中的作用，定量研究氢键的能量在酶催化中的作用。每当论文答辩会上教授们向她提出，为什么要研究这些课题时，她总是回答:"我喜欢这些课题。"似乎是答非所问，但教授们听了女儿的回答，总是露出赞许的微笑。女儿的回答是认真的，也正是她对这些课题的喜欢和兴趣，使她走过了这艰难但充满着希望的硕博连读生涯。

　　与女儿在一起的日子里，有时间总要聊聊，经常要提一些让她感到难以回答的哭笑不得的问题。因为在蛋白质问题上，对于我来说完全是一个盲区："整天蛋白质、蛋白质，不就是一个鸡蛋去掉蛋黄吗？"女儿大笑："你可知道，蛋白质是生命的基本要素？"呵！我女儿成了一个"蛋白质女孩"了。她说："基因的变异，是由蛋白质发出的信息，要深刻研究蛋白质，才能控制人类基因的变异。生命起源于蛋白质，要揭示生命的奥秘就要研究蛋白质。……人们盼望着对人类基因的研究，然而探索控制人类基因的课题，不能离开对蛋白质的研究。……蛋白质的本质又是什么？蛋白质的结构仍未被人们所认识……对蛋白质功能的研究，还需要科学家去探索。"蛋白质啊，蛋白质！在女儿的心目中，是那么的重要，有那么多的课题在等待着她。

　　人类对未知认识的渴求，是一种本能，人类如果没有对世界认识的欲望，社会还能发展到今天的高度文明与发达吗？知识是学无止境的，只能靠在一个又一个领域里，一代又一代人的努力。科研协作的成功典范、"人类基因组计划"的负责人弗兰西斯·科林斯说："思想的火花的最初闪烁往往还是个人的行为，因此优秀的、有创造性的人物是至关重要的。"

　　愿女儿对蛋白质研究课题，永远保持这样浓厚的兴趣，不断产生那思想的火花，使她的研究不断有所突破。

14

向往斯坦福

在美国留学是一种追求、一种冲动、一种渴望、一种时尚……每个去美国留学的青年，情况不一，爱好差异，背景不同是受各自的条件限制，每个人走着各人的路很正常。常听人说大路朝天，人各有志，这也是真的，正如女儿信中所言：

留学生中，有那么一种人，总是年纪轻轻就一副"看破红尘"的样子，当初的理想、抱负都化为乌有，希望找一个"8点上班，5点下班——舒舒服服的工作"，趁老死之前，痛痛快快地玩一玩，玩股票、买彩票，希望哪天飞来一个大奖，可以舒舒服服地过一辈子，实在让人心冷……

又：

参加过一次同学的婚礼，新娘是美国出身的中国人，家里很有钱，新郎结婚以后就可以在她家开的一个餐馆里做经理，而且他还可以成为美国公民。为了这个原因，他与她结了婚，其实新郎并不很喜欢她，结婚前，新郎还得意洋洋地向同学们说："我做个榜样，先走一步了，你们都来步我的后尘吧！"我感到很震惊，难道人和人之间会这样冷酷，以至于连婚姻这样神圣的事，都是为了金钱吗？……

其实，不仅在美国，在国内类似的情况也颇多见，各人头顶一

129

片天，也可谓"百花齐放"了。生活是缤纷的世界，也许这些人，今天的生活比我女儿过的好得多，但是，要我女儿也走这条路，她会感到很痛苦的，因为她正在脚踏实地谱写着科学的梦幻曲。

女儿三年大学生涯，要完成四年的大学学分，她要打工，她要去实验室工作，三年的艰苦生活，是靠她的努力、毅力和信念支持的。

暑假里的课已经修完，就等着8月份领毕业证书了。三年的大学生活已经结束，以后等着我的将是6年、10年甚或是几十年的研究生涯了。从小到大，小学、中学、大学，转折点经过那么多，也许，这是最大的一个了，因为我将从一个单纯的接受知识的学生，转变成为一个在前沿科学上探索未知世界的研究者，用我所学的、所想的贡献于整个人类的求知进程。这其中包含着的意味有多深远，连我也不能、不敢想象，想起来就一阵阵激动和不安。

回顾分子生物学发展的过程……还有近几十年来物理学，特别是量子力学的发展进程，那些干得出色的，有突破性发现的科学家，都没有接受过正规的教育，有的甚至于大学的专业学位都没有，他们在对这一项还完全陌生时，就开始了研究生涯，全凭着一股热情和勇气。也许他们正得益于这种"基础知识"的缺乏，唯其如此，思路才不囿于现成的模式、理论、定义；唯其如此，才能从一个完全崭新的角度来处理问题，寻求崭新的答案；唯其如此，才能不被对权威的崇拜、巨人的偶像捆住手脚。对我来说，我思考担心的正是这个问题。

我深有感慨的是小学、中学十几年的过于正规的教育，虽然给我打下了很好的底子，可对我也有意无意地套上了一个无形的禁锢，这禁锢有多牢，对我的影响会有多大，我能不能摆脱它，能不能让我的思维获得自由，这是我在开始研究生涯之前，要好好想清楚弄明白的一个问题，而且对于这个问题至少也要让自己有正确的了解并加以估量……

在野外郊游。

又：

要毕业了，我想要么到一流大学去，要么留在马大，因为如果申请不成功的话，就留在马大也不错，在这里读 PH.D（理科博士），还可以把大学修的课，积的学分转过去一部分，这几年做的实验，发表的Paper也算进去，一定念得更快，也许两三年就可以拿到 PH.D 了，这样的例子不是没有。

其实这是偷懒的想法，我在这儿才不到两年，班里其他同学都是四年级，有的还是研究生，他们既不用工作，也不用付学费，比我要轻松多了。教授说我才是唯一真正理解这门课的学生，我应该去哈佛、MIT读 Post Doc(博士后)，然后成为Professor(教授)，有自己的实验室，做自己喜欢做的东西。

这些想法隐隐地在我脑子里有过，有时怀疑自己是痴心妄想，作为一个中国人没有美国人那么多的机会，虽然现在得到了教授的鼓励。教授说将会把我推荐给最好的生化学的先驱学者们，有的是斯坦福，有的是哈佛和MIT的导师。这些美国人都那么理想化，又那么充满自信，比如教授，他的想法把我现在和梦想之间搭了一座桥。……

又：

我要的不是像一般的P.H.D.毕业生那样，到公司去完成日常公务，9点上班和5点下班。我要的是在一流的实验室里，接触一流的专家，有一流的学生一起交流，在美国一流大学的每一个学生，都被看作为有潜力冲到最前沿的人材，都会被给予最大的发展机会。现在的教授鼓励我说："没有几个大学生做过真正的科研，而且是从18岁开始，更不用说有论文发表了。"他乐意为我写推荐信，让我上一流的大学，我知道在马大要三四份推荐信是没有问题的，给我上过课的教授差不多都知道我。……

有人认为我的某些想法不可理解，我已经习以为常了，因为不理解本身是可以理解的，不然为什么总是"知音难觅"呢？……

女儿有自己心中的理想王国，不仅是对的，而且也是难能可贵的。

打算明年考GRE(研究生入学英语水平考试)，12月再考专业GRE，记得我在国内高中二年级考TOEFL(大学生入学英语水平考试)时，又面临期末大考，那时也一样很忙。但经过那次以后就觉得人的潜能是无限的，总是再逼还有，再逼还有，如果稍微松弛一下，有时就会放过很多可以完成的事。所以下学期一定要好好安排，时间总是可以挤出来的，你们也不必担心我修的课太多，是否吃得消，其实我这里的功课都不能算太难，如果只要拿 A 的话，完全可以学得轻轻松松的，只是，我要从这样一所学校，跳到一流大学的研究院去，就不能只是全 A，而非得出类拔萃不可。所以实验室的科研一定要做得好，在班里一定要拿第一（尤其是专业课上），并且一定要在教授们心里有个好印象。不过这一来，又加上周围的竞争对手少而又少，能够讨论交流的机会不多，我就只能靠自己努力了。一定要把书上的内容（包括老师没有要求的内容）搞深搞透了，谁知道其他学校的学生水平会怎样呢？……

我们曾经反对过女儿去斯坦福读研究生，在马里兰大学继续读研究生，二三年就能拿博士学位，不是也很好吗？也许我们更多的考虑，是为了尽快摆脱当时的经济窘境，这也许是代沟吧！但女儿有自己心中的理想王国，她追求更高层次的发展，因为我们对美国的国情不够了解，美国人的思维、观念与我们中国现实相距甚远。为此，女儿来信告诉我们：

……我反感的不是谁干什么本身，而是谁想干什么却没有勇气、没有力量、没有毅力追求到底。人不是一个模子做出来的，更不必按一个模式去发展。在社会里，每个人追求自己想做的、感兴趣的事，这个社会才能得到发展。……

又：

我想告诉你们，我既然选择了这条路，这辈子不会很穷，但也不会大富，发什么大财。我也不想发大财，但像你们这辈人，那样悲惨、那样贫穷的日子，对我来说也是不太可能的了。

我一生中，最穷的时候也就是做学生的年代了，即使在那时，其实我在实验室所挣的用之于生活开销，也是绰绰有余不必发愁的。但话说回来，我可能没有高级轿车，我的住房可能比别人的小，我可能没有华丽的家具等等。开公司的人，可能比我舒适得多，我不在乎，你们不要为"不该富的人富了，该富的人没有富"太气愤，人类整个历史，何尝有过哪一个时代，哪一个国家，哪一个地方，在金钱的分配上很公正的呢？社会财富分配的公正与效益的矛盾，从来都是经济学家无法解决的难题，要让世界上每个人都过上美国人过的日子，这世界非爆炸不可。对我来说，只要有自己的实验室，有自己的书房，有钱买我喜欢的书，平时生活上大致够用就很满足了……

就这样，她义无反顾地开始了报考美国一流大学生化系博士生的日子。

这次去两所大学面试，自己长了不少见识，其中，有玩玩乐乐的时候，也有很严肃很紧张的时候夹杂着，到最后，两者竟然分辨不出来了。

到旧金山那天，已是晚上10点，所以系里本来有个Party，也不打算去了，直接回旅馆睡觉。第二天跟着系里的研究生和其他来面试的学生，到一个一面保留着森林，一面保留着山区的景点去爬山，然后开着车去海滩上，在那里烤肉、开Party。晚上研究生们带我们在斯坦福所在的小镇上到处游玩、闲逛，到镇里最高级的一家餐厅里聚餐，一直到半夜才尽兴而归。第三、四两天在系里一边面试，一边听讲座，每天从上午8点到下午5点都排得很紧，总是一个接着一个，连午餐时，也是安排的和几个教授一边吃一边谈话。两天里我一共和9个教授面谈过，听了十来个讲座，所以到第四天下午5点面试全部结束，离开斯坦福又坐火车到旧金山，在那里找到旅馆吃完晚饭，已经是筋疲力尽了。第二天在旅馆一直睡到中午12点，接着就在旧金山城里逛逛，到China Town（唐人街）去了一趟，在那儿，逛了不少中国书店、报摊，好久不曾翻中文书报了，那感觉真是又新奇又亲切。旧金山的 China Town 比别处的更繁荣、更热闹些，熙来攘往的都是中国人，或至少是亚裔人，夹着一些旅游观光者，那感觉，竟像又回到了上海似的，或许上海现在已经比之更现代化、更西化了，只是所有的人都操着一口广东话或闽南话，连听得懂普通话的人也很少，所以绝大部分时间我仍不得不说英语……

在旧金山呆了两夜，第三天下午又乘飞机去洛杉矶，从那儿到加州理工大学，待了两天三夜。这一次，日程较松些，头一天安排了 8 个面试，不过都很短，一个才 20 分钟(斯坦福是 45 分钟)，几乎是进去以后，早知道要问我的什么问题，面谈了十分钟，然后我开始问他们，或他们很自觉地谈起他们的课题，十分钟后打住，送我出门。同样的模式重复了那么些遍，即使是不难，也是有些烦躁得累了。那天晚上在旅馆里歇着，看看在旧金山买的几本书，悠哉悠哉的。第二天比较轻松，早上听了两个讲座，又到教授的实验室去转了转，下午跟其他同学去市外的山上爬山。晚上，所有来面试的学生和几个研究生一起在镇上的餐厅里狂欢到半夜才散。

星期天早上乘飞机回到东部，到地铁站来接我的表姐说："斯坦福来电话录取你了，祝贺你啦！"在飞机上晕了一天，又在地铁上摸索了三个小时，一听到这消息，可真是喜出望外，好像什么累都忘了。

其实，我说喜出望外倒有些不尽然，因为至少在面试的过程中，我感觉一直很好。头一次，进去的时候还有些抖，但一旦开始谈话，就什么都忘了，我很奇怪地发觉，我有时非常爱说话，他们一旦问起我的课题，我的蛋白质时，我就开始滔滔不绝地讲下去，一点也不怕他们打断了问我，因为我知道我对课题，摸得很清楚了，他们怎么也问不倒我，结果也是没有被问倒过。他们介绍他们的课题时，我也不知道我怎么一下子有那么多问题，也许是以前没有接触过的缘故吧，一个接着一个地问，他们也都很耐心地解释而且很高兴，所以到最后几分钟都谈完了，便常常随便聊聊，问问我家里的情况、国籍、年龄、在美国的经历，听说我18岁一个人到美国来念书，而且是你们唯一的孩子，都有些叹息。到最后两个面试时，大概差不多已经确定了，所以什么课题也不问我了，就和我在那里东拉西扯地闲聊，说说生物学的历史、现状，生物和化学、物理渐渐融合的趋势等等，有时也问问我为什么要做 Science(科学研究)，为什么念 P.H.D，为什么选择蛋白质这个课题时，我就老老实实地说："我也不知为什么，好像从小到大这是我唯一喜欢做的，想以之为职业的，而且除了 Science 我似乎别的什么也做不好。"说得他们都笑了。总的说来，在面试时我一直感觉很舒畅，所以，听到别的学生在那里抱怨这个教授那个教授为难他们时，都有些奇怪……不过，我有点没料到的是消息来得这么快，在我回来之前他们就已经决定了，更没想到的是回来前的这一星期，一连接到那里教授来的三个电话、两封信，所以我昨天赶紧打电话去告诉他们，我决定去 Stanford(斯坦福大学)，让他们安心吧！

在这期间，女儿同时收到了斯坦福和加州理工大学等几所当时在美国排名前六位(生化系)的一流大学的录取通知，它们都提供了全额奖学金，在这些学校中，她最终选择了斯坦福大学。

斯坦福大学，在国人眼里好像没有哈佛那样家喻户晓，实际上当今的美国高科技中心——硅谷，其杰出的人材都来自于斯坦福大学，那儿有雄厚的资金，那儿有最先进的科学仪器，那儿有诺贝尔奖的得主担任教授，更可贵的是那儿有活跃的、自由的、开拓性的学术氛围，那儿是我女儿梦寐以求的学府。

15

在贵族学校斯坦福大学

斯坦福大学位于加利福尼亚州湾区柏拉阿图市，它是以小利兰·斯坦福的名字命名的。

小利兰·斯坦福的父亲，利兰·斯坦福1824年出生于纽约，年青时做过律师，在加州掀起淘金热之后，他们来到湾区逐渐致富，成为当时美国西部铁路的四巨头之一。

斯坦福夫妇膝下有一个儿子，名叫小利兰·斯坦福，是他们四十多岁时才出生的，自然把他视为掌上明珠。不幸的是1884年小利兰·斯坦福15岁时因伤寒去世。这是一次巨大的打击，他们一时对给后代聚敛的大笔财富无所适从。痛定之后，斯坦福夫妇有了好主意，一方面为了纪念他们的儿子，另一方面也为了让他们的大笔财富，能够充分长久地为社会造福，他们决定捐资建立了一所大学，校名就叫"小利兰·斯坦福"大学，世人简称为斯坦福大学。

校园的建筑采用了当时最优秀的建筑师的设计，布局开阔而整齐，金黄色的拱壁配以红瓦顶，在起伏山峦的衬托下，显得金璧辉煌。如今它是公认的美国最美丽的校园之一，并成为世界著名的旅游观光地。

宫殿般的建筑，四季如春的气候，再加上整个社区蓬勃发展的经济与丰富多彩的文化生活，这一切使斯坦福大学像一块磁石般吸引着世界各地的年青人。一般来讲，人们在某个地方生活一段时间后，就会对它失去新鲜感，并产生迁徙流动的念头。但是，在斯坦福大学生活过的人，很少有愿意离开这里的，真可谓是"曾经沧海难为水、除却巫山不是云"。

使斯坦福大学名列美国大学前茅的，不仅是它拥有天堂般的校园，更是因为斯坦福大学拟定的"直接赋予学生有助于社会实际应用和个人事业成功的教育"之宗旨。它创建时所立下的"实用性"和"外向型"的宗旨，"成功"和"完美"的追求，注定了它将发展成为举世瞩目的顶尖大学之一。每年从斯坦福毕业的人材，在硅谷这块巴掌大的土地上，播下了无数高科技的种子。他们与硅谷共同成长，成为美国高科技产业的栋梁，使硅谷成为当今举世公认的高科技园区，成为高科技经济的代名词。

我的女儿——一位中国穷学生，经过三年马里兰大学学习毕业后，终于来到了被世人称之为"贵族学校"的斯坦福大学，获得全额奖学金资助攻读博士学位，她将在这里度过五年学习生涯。

在一封普通的家信中，女儿描述道：

……晚上无事，骑车到斯坦福商场转了一圈。这里真是贵族的乐园，到商场不像是购物的，倒像是游乐享受来的。几十个商店里里外外满是玻璃的挂灯，圆径几米的鲜花丛，音乐灯光喷水池，池边滑石的桌、椅等等，走在里面看橱窗里精制的瓷器、银器、手饰衣物和工艺品，真是体会到人们所说的斯坦福是个贵族学府的味道，只是我只能看不能买，因为我还没有达到贵族的收入嘛(一笑)……

我第一个合作的教授，与我谈话，结果一谈就是三个多小时，几乎给我上了一堂果蝇的胚胎发育遗传课。这一类东西我以前接触很少，经验也不多，但这个教授的论文和工作，我以前都读过或听说过，可算是这一领域的鼻祖和元老了，老实说，如果斯坦福生化系有谁配得上得诺贝尔奖的话，那就是他和BALDWVN(搞蛋白质结构的)，而不是……话扯远了。一下午他谈得津津有味……

从高处俯视斯坦福大学。

又：

上个星期几乎没干什么事，星期二一早就搭车去斯坦福营地，开了5个多小时的车，在弯弯曲曲的山路上蜿蜒辗转了好久，才找到目的地。

营地座落在山腰的一个大湖边上，因为海拔高达5000英尺，同斯坦福那里的气候截然相反，才十月份，我们到的时候已在下雪，山顶、半山腰、树技上、路上都已积起薄薄的一层雪。我特别喜欢的是我们住的那些小木棚，虽然只是薄薄的一层木板造的，一小栋一小栋地散布在湖边、山坡上，矮矮小小的，一半还埋在雪堆、树丛里，乍一看很不起眼，甚至还有些简陋，但屋里却是收拾得干净整齐。房间里生着火，看着窗外飘飘扬扬的雪花纷飞，听着雪珠、雨珠滴滴嗒嗒地打在木头的屋顶上，混着壁炉里噼噼叭叭的烧柴声，闻到新洗床单、枕巾上散发的香味，想着如果自己能一辈子住在这样的地方多好啊！……

头一天到达时已是下午，傍晚听了一场讲座，晚上又连听了二场，直到晚上一点多才散，接着三天都是早上二场、下午二场、晚上一场，接着是大家看论文，自由讨论。我想这是斯坦福学习的一个重要形式，听听别人都在干什么，怎么干的，同时也帮着别人一起思考，双方互相都得益，可不是一件大好事么！最重要的是思路开阔，并且不断接受最新信息，了解各个领域的最新发展到了怎样的阶段。应该说三天下来得益匪浅，只是内容过于紧凑，又缺少足够的背景资料，跟起来就相当吃力，更别提要评判性地听并发表意见了。不过不管怎样，三天里得到的信息大概比往常几个月的都多。

第三天下午放半天假，大家都出去玩了，我和新认识的两个中国博士后学生去划船，抬头看那青山，山顶上盖着白色绒帽样的一层雪，上面是蓝得发亮、蓝得刺眼的天空；另一边被太阳晒着，雪融化了的山坡上，又是碧绿碧绿的一片。身边是清澈得发亮、深得奥妙的碧蓝碧蓝的湖水，真是美得心旷神怡，觉得神仙的境地也不

斯坦福大学生化系实验室。

过如此而已。划了两个多小时后弃船登岸，一路顺着一条曲折委蜒的小路向山上爬去，路狭窄难走，又只容一人穿行。一路上顺着山势上下，路的左边是岩石森森，右边是一片坦荡的空间，望得见身下几百尺，是一片蓝宝石样的湖水，真是别样的一种享受。

又：

在这儿生活了三个月了，好像远远不止三个月似的，这儿的建筑、房间、壁画、摆设、各个实验室、每一个教授，还有许许多多的学生，对我来说，似乎都已经那么的熟悉了，这大概还得归功于斯坦福的制度，或是风俗吧！提供我们有尽可能多的机会接触尽可能多的人和事吧！……

　　一个学期就要过去了，上个星期学生们都在埋头复习，我当 TA，课是不用陪着学生们听了，不过给学生们上了两堂复习课，随后是考试、监考、改卷子，这里的监考制度真是够特别的，学生们统统入场，没有任何防务措施，只是每人签一份"诚实宣言"，保证自己不作弊，并揭发别人的作弊行为等等之类。随后我们当 TA 的发了考卷之后，就必须离开考场，守在考场外面，回答学生们的问题。考场外面连椅子也没有，一人拿了一个塑料箩筐翻过来坐着，倒好像我们是逃学受罚的小学生似的(一笑)。随后是锁在图书馆里批改考卷，从十一点三十分考试结束起，一直改到晚上十点多，才一切结束。中饭和晚饭都是系里从饭店订了送来，边吃边改，看了三百份卷子，看得眼睛最后都发酸了。然后，昨天开了一整天的会，下学期 TA 准备会议，学生领考卷、回答问题、校对答案等等，一直到下午四点才结束。然后系里开 Party，看学生排的小戏，大吃 Pizza(比萨)，一直狂欢到六点多，大家才渐渐离去，标志着这个学期的结束。

　　读了这些信，渐渐地我们也了解了这所斯坦福大学。它显得有些神奇，并使我向往，当然不是希望自己成为这所大学的学生，而是真希望能亲自去看一眼。果然，后来当女儿戴上博士帽的时候，我与妻真的来到了这所学府，亲自给她戴上了博士帽。

　　这一阵接二连三的事特别多，一边是在同时写两篇论文，一边前几个星期又轮到我给组里开会。上星期一年一度的系里开会，我也要上去讲，这是我第一次在这么多的听众前做正式的发言，也是头一个一年级学生在系里的大会上发言，弄得我在这之前一直有些紧张，忙着准备讲稿和幻灯，加上老板也抓得紧，在组里练习演讲就讲了四五次，时间全扑在这上面了。

　　这次去开会，是在一个风景名山上。路上可真险，看地图领路的同学看错了道，结果走到一条岔路上去了。幸亏很快就意识到了，可是当时折回去也找了很久才摸回正道上，这时离会议正式开始也只有一个多小时了，而我们起码还有两三个小时才能达到目的地，迟到是不可避免了，我偏偏又排在第一个发言，急得车上三人都出了一身大汗。一路上边想着系里满会场的人就这么眼巴巴地等着我们，老板一定急得上窜下跳的，又有些怕，又有些忍俊不禁。到达那里时，已晚了整整一个多小时，当时跳下车，赶紧去旅馆登记房间，取出了幻灯就奔到会场去，结果你猜怎么着？系里的公共车也在路上耽搁了，这时才刚刚到，大多数坐公共车来的人还在那里卸行李呢！会议拖后了两个小时才开始，这才让我松了口气，心里还真有些后怕。

　　大概是路上这么一搅，该急的、该愁的都急完了，怕完了，反正接下去是会议开始，我走上讲台去演讲的时候，竟一点紧张也感觉不到了，只记得看着一张张幻灯，按自己的思路一点点讲下去，等我讲完，在说感谢大家帮助之类的话时，计时钟也铛的一声响了（我们这次所有演讲都是计时的，到时间就响铃）。当我从台上走下来时，心里可真是又开心又轻松。开心的是忙了一个多月，终于没有白忙，这一关终于很成功地过去了；轻松的是，接下去我可以完全放松地听别人的讲座了……

又：

　　今天一早，又去改第一篇论文的最后一稿，要赶在化学系和我们合作的那个教授明天启程开会之前，把稿子交给他。到下午四点左右交了稿子，交了作业，终于暂时松了口气，浑身像散了架一样，跑到系里大厅的沙发上倒头就睡，睡到天黑时才醒来，这一觉睡得可真美极了。可这轻松也轻松不了多一会儿，今天又有新的作业下来，下星期二就要期中考试，还有另一篇论文需要写完，12日前还要通过头一个课题报告的答辩，而我还连考虑都没有仔细考虑过呢……

又:

突然之间老板决定让我在下月中旬去匹兹堡参加全国生化会议,要申请入会、要写课题报告、要买机票、安排旅程,火烧火燎地赶完一个又一个Paper(学术论文),抢计算机、忙着赶实验、赶数据,争取在开会之前,能有一个比较完整的数据做图型报告。忙的时候怨天怨地,现在想起来还是挺开心的,觉得这一个月收获挺大,学了很多东西,也办完了不少的事。……

又:

总的感觉还是忙,每天起床想着有几十件事想做,可每天晚上睡觉前总遗憾绝大部分想做或该做的事还没有做,明天还有更多想要做或必须做完的事,一天一天就这样过去了。总的说来大概这就是读PH.D和读大学的区别了吧。想起上大学的时候,总有许多切近的事,很多短期、具体的目标,比如说一周一次的测验、交作业、写报告、期中期末考试等等,一件一件地过去倒也觉得很实在,一件事过去总觉得完成了些什么,很可以暂时轻松一下缓口气等等。可现在却是虽没有什么急切非干不可的事,可想一想就能数上几十、几百件要做的事,要读的Paper、要做的实验……永远没有逗号没有分号地接踵而来。……每天晚上12点多回家在这里已是很平常的事,熬通宵也再没有了从前的那种不寻常感。譬如现在我就坐在NMR机器前,一边等着数据一边又给你们写信,从12点起到现在是凌晨三点半,一半都还没干完,看样子不到八九点是完不了的。除此之外还有TA带课,批改作业,每星期五持续一下午的实验室小组会参加杂志俱乐部,大家坐在一起讨论新出杂志里的重要Paper,每月一晚的杂志夜晚,组里的人坐在一起介绍各自在过去一个月里看过的有趣的Paper,通常一晚上要讨论近百篇,还经常要到旧金山的U.C.S.F.(加州大学旧金山分校)或Berkeley(柏克莱大学)开会,一去又是一晚上,时间就这样不知不觉地飞然而逝。不过话说回来,我并不觉得该抱怨这样的日子或什么的，比起在马里兰的学术环境来，这里就好像是湖泊见到了大海，眼界不知开阔多少。虽然说一切仍取决于自己的努力，但同样的头脑，在这里的提高不知要快多少倍。

不管怎么说，这半年回想起来总觉得收益很大，多读了很多Paper，多接触了很多不同的实验室、不同的课题，和各种各样不同的教授、博士后讨论很多事，交换了很多意见，最重要的是自信心增强了很多。刚来时总觉得自己从一个不大的学校来，到了一个大家都很优秀的环境里，自己就很普通很寻常了。但半年下来和同学、其他学生接触、讨论、切磋过之后，自信心相当良好，其间的较量比较，大概是不在其中不知其味。我举两件事例：一次是我这学期向美国医学基金会组织申请研究经费资助我的课题时，教授给我写的推荐信上说"她是我在Stanford这几年看到的新生中最杰出的一个，其思考的深度和逻辑的严谨，原本是我期待一个五六年级的PH.D(博士)学生，而不是一个新生所能具备的"。上星期五我第一次在小组会上发言，星期四准备了一整天，星期五从中午开始一直讲到三点半，大家都说好极了，大大超出了每个人的预料的。怎么样，你的女儿在这里仍然是竞争力最强的学生之一。

女儿的确站在了科学的前沿，在一流的斯坦福大学，她仍具有最强的竞争力。

通过女儿的介绍，渐渐地我们对斯坦福这座贵族学校有了更多的认识，为女儿能选择到这样一所优秀的学校读研究生、博士生而感到欣慰。它在紧张、激烈的竞争和快节奏生活的同时，又给人创造了那么一种悠闲、放松的庄园贵族的气氛，难怪克林顿的女儿也选择到这里来念书。

女儿在美国已经第四个年头了，渐渐地我们仿佛感到她的独立性更强了，同时也感到似乎她对科学的追求更执着了。

感谢美国的教育，它鼓励学生质疑教师、挑战现在的理论和方

斯坦福大学标志性建筑。

法，这是教师评分的重要依据。教授们早就习惯了学生尖锐直率的质疑和批评，许多教授甚至觉得，没有受到学生挑战的课是最沉闷无聊的课，也是不成功的课——要传授给一代又一代学生的是终其一生都需要的最基本最重要的思想、知识和方法，而不是实际操作和现实方案。

有人说：女儿读书读"傻"了。也许是这股傻劲，支持她走过了漫漫的艰苦奋斗的道路。

16

戴上博士帽

三年大学生活，五年博士生涯，女儿在离开我们 8 年后，在1999 年终于迎来了要戴博士帽的日子，作为父母的我们兴奋不已。

八年间，女儿回来过两次，第一次回国是她三年读完马里兰大学的暑假。

在机场，我们等候女儿回国探亲，内心充满好奇与渴望——女儿留洋三年变得怎么样了？是不是梳着大爆炸式的发型，是不是穿着一件露脐衫……想着想着，想不到女儿已站在了我们的面前，天真地叫了一声"爸""妈"。抬眼望去，是女儿，一点不错，女儿还是那个样子，一副孩子气，都大学毕业了，还是长不大的样子。与去美国时相比，只是马尾巴长发长了不少，可能是三年没剪过发吧！据说剪一次头发很贵。

第二次回国我们也去机场接她，没有上一次接她时的紧张与兴奋，女儿再一次出现在我们的面前，一样的孩子气，这时候她已是博士生了。

等到女儿要博士毕业了，我们终于赴美参加了她的博士毕业典礼。

由于中美之间长达二十多年互不往来的历史，美国对中国人来说，往往带着神秘色彩。改革开放以来，虽然坚冰已被打破，交往

女儿在博士毕业论文答辩会上。

频繁，但是，没有亲自踏上这片土地，我们仍然感到陌生和神秘。

经过十多个小时的飞行，飞机飞行在旧金山湾区的上空，眼望着这片土地、大海、森林、城市……更想念着将要相见的女儿。

女儿求学的斯坦福大学是最近几年才被中国人注目的。硅谷，是当今世界知识经济的代名词，斯坦福大学则是和硅谷紧紧联系在一起的，硅谷的英才大多毕业于斯坦福大学。

我为女儿能获得斯坦福大学的博士学位而高兴。这所昔日的"乡村大学"，如今已超过了哈佛、耶鲁、普林斯顿，位居全美之首，特别是其教师阵容格外强大，在 25 个领域里都跻身前十名。

举行毕业典礼的这一天，女儿早早起床，穿上了博士服。

这所全世界公认的名牌大学，聚集了来自世界各地的高材生，其中亚洲学生不少，华人学生也不少，近年来，随着中国改革开放，不少中国留学生来到了这所高等学府。当我来到斯坦福大学时，校园里那高大的棕榈树，艺术学院那罗丹雕塑(复制品），大草坪，大教堂，一座座教学楼吸引着我，看到那比比皆是的华人学生穿梭于校园中，更使我感到兴奋。中国留学生只身带着两只皮箱，飞越太平洋，来到这里深造苦读，以优异的成绩在美国站住脚。看着他(她)们那自信的表情，听到老教授们对中国留学生的赞美与夸奖，我心中充盈着喜悦。女儿所在的生化系中就有中国博士生一人，中国博士后三人，另有来自台湾的中国留学生两人。

6月2日，是女儿博士毕业论文答辩的日子。女儿早早地离家去了学校，我在居家附近散步，回来吃了早中饭，随后搭车去了学校。

　　论文答辩的讲座是神圣的，在座的有获得诺贝尔奖的教授，有女儿的博士生导师，有系里的各位教授和博士生、博士后。女儿研究的课题是生物酶催化，包括蛋白质催化与核糖核酸催化，金属离子在核糖核酸催化中的作用，定量研究氢键的能量在酶催化中的作用。

　　女儿上讲台了。看她的样子，真配不上这神圣的讲台，因为在父母的眼中，她总还是个孩子。

　　女儿用英语流利地演讲，我没有听懂，但是秩序井然的讲堂，听

女儿博士导师为派对会切开蛋糕。

步入会场的毕业生队伍，
前排中为女儿。

女儿接受校方颁发的博

者似乎都句句入耳，女儿对教授一个又一个提问的回答……使我感到，一切是那么的顺利。幻灯机映出了我和她母亲的照片，以及我们小家庭的合家照，显然，女儿也在向教授叙述着对父母培养的感谢，据说，这也是毕业答辩的内容之一。这使我感到意外，一阵惊喜。

女儿毕业了，在这期间发表了8篇论文，而且拿到了全学院一年一度唯一的一个学院奖。据女儿说，她得了多少奖，都记不清了，最值得骄傲的是这个学院奖，不仅是它档次高，比较难得，而且对她今后当博士后、从事工作也大有好处，所以她显得特别兴奋。

6月14日，是举行毕业典礼的日子，加州那时的天气，日日阳光明媚。那一天，一轮红日好像早早地洒在我们的居室，女儿也显得特别高兴，我看着她对着镜子穿上了博士服，稚气的脸上和博士服真不相称，不是靓女的打扮，而是彰显一副学者风度。

到了校园，昔日平静的气氛，今天显得格外活跃，学士生、硕士生、博士生穿上了礼服，有的高兴地化了妆，带起了高帽子，妆点着斯坦福校园。参加毕业典礼的人们，带着对毕业生深深的祝福，唱啊！跳啊！小汽车停满了整个校园，偌大的校园，今天想找个停车的地方都特别困难。

带上博士帽，是奋斗的结果，却不是奋斗的结束。斯坦福大学的学生，他们怀着各自的目标，有着各自不同的打算，女儿准备做博士后，我双眼充满着泪花，对女儿说："女孩子，都读到博士了，太辛苦，该休息一下了。"女儿回答说："还有很多课题需要做，还有一些论文需要写。学习的确辛苦，但更多的是快乐。"求知，是人类的本能欲望。我深深地回味着女儿的这句话，相信那是一种理想，更有一定的哲理。

我们坐在高高的看台上，看女儿排列在毕业生的队伍中，她为祖国争光，她的周围还有几位中国毕业生，也有黑人学生。这是一所不分肤色，不分种族的学校，因为知识是属于全人类的，科学也需要全人类去奋斗。

女儿在聚餐会上。

毕业典礼后，系里的教授与同学们为女儿毕业举行聚餐会。这是一次美国式的聚餐，没有圆台面，没有一桌一桌地坐在一起，没有中国流行的敬酒，什么"一口闷，感情深"。大家各自带上自己的冷餐，在校园集中，开着车去郊外大自然中，又吃又谈，举杯畅饮、品味、祝福、打橄榄球，弄得汗流浃背，最后再开着车回家。

女儿聚餐会这一天，我烧了一盆"瓯江"特产炒粉干，有着特别的寓意。我与她系里的同学们吃着炒粉干，回忆小时候生活的家乡，女儿只去过温州两次，已没有什么印象了，但她知道这粉干是她的家乡菜，她爱吃。"老外"从没吃过粉干，但也吃得津津有味。

女儿出生之后，我为她取名"舒瓯"，"舒"字之意是希望女儿能舒舒服服度过这一生。那是1973年，"文革"还没有结束，希望有一点舒适是一种奢望，我把这奢望寄托在女儿这一代身上。"瓯"字之意是取祖籍温州母亲河"瓯江"的意思，那是我小时候常去江边玩耍的地方，江上潮涨潮落，日出日落，带给我一幅幅极为诗情画意的景色。

女儿对父母为她取的名字，却有着不同的解释。她曾经给我们写过这样的一封信：

你们对我是爱到了极至，希望我得到最好的东西，希望我一生都过得平平安安、快快乐乐，你们给我取名一个"舒"字，也许就是这个意思，也许做父母的总是希望自己的孩子有最轻松最舒适的生活，但舒服的生活不是我所需要的，我觉得最幸福的是能干自己喜欢的科研工作。"舒"字拆开，是"舍"和"予"，是"牺牲""自己"的意思，有所放弃才能有所得到，牺牲一些外在的东西，才能得到真正的舒适、平安。……

她对"舒"字的理解，引起了我的深思，"舒"字由"舍""予"组成，当时我们一家沉醉在她出生的喜悦中，从来没有想到她要

女儿的导师带着两个孩子也来参加派对，美国的教授活泼得像个孩子，没有一点师道尊严的架势。

"牺牲"自己之意，但事实上，八年来，她确实牺牲了自己好多好多．这8年每一天的生活，只能用一个"忙"字来形容，为了适应美国的生活，为了早日读完大学的学分，为挤出时间到实验室打工，为了得到优秀的名列前茅的成绩，她几乎都像上紧了发条的时钟，分秒不停地运转，然而也只有这样，才能戴上这顶亮灿灿的博士帽。

我们一直期待着女儿毕业的日子终于来了，毕业典礼也举行了。中国人有句老话："没有不散的宴席。"八年来，我们一家也难得在一起，这是多么叫人留恋的日子啊！女儿毕业典礼后，为庆贺，更为相聚，我们举家去了东部华盛顿、纽约、尼亚加拉大瀑布，又去了拉斯维加斯、洛杉矶和夏威夷海滨度假。

在美国拍的照片，留下了一个又一个难忘的瞬间，看着这些照片，又使我想起在美国的日日夜夜。

女儿博士毕业后，有人说："你女儿学的是生化，在今天，是很吃香的，可以赚大钱了。"我何曾不希望呢？我们都穷怕了。可女儿却有自己的打算。她说：

我想毕业后再做两年博士后，然后，到大学申请做教师，如果顺利的话，五六年之后拿到 Tenure(任期)，就算是教授了。对我来说，大学里的气氛总觉得更舒畅一些，我可以自己决定做那些想做的项目，常常和学生待在一起，让头脑保持新鲜，鼓励新思想的环境，能使我总感到有一股力量在推动着我往前走。

在人生重要关头，女儿的决策，看来总是胜我们一筹。她去了U.C.S.F.(加州大学旧金山分校)做博士后，开始了又一阶段的孜孜追求。

人类跨进了新千年的大门，女儿经常打来电话，从遥远的太平洋对岸向我们祝福新的世纪，她又迁了新居，一座旧金山湾区小山坡上的小房子。她说在阳台上可以看见大海，大海的这一边就是她的祖国，愿大海把中国、美国紧紧联系在一起。她思念着父母，思念着中国。

17

相聚夏威夷

有那么一种说法，能去夏威夷度假，在瑞士的阿尔卑斯山滑雪，可被认为是成功之士。

什么是成功呢？顺手拿来一本《现代汉语字典》，上面写道："成功，获得预期的结果。" 言简意赅，明白之至。有人说："大海，梦开始的地方。"面对着夏威夷的大海，那一刻，我也确实感到了大海是实现梦的地方。女儿在美国留学，8 年间，读完了大学、硕士、博士，这不正是我当年送她去美国深造的梦想吗？

今天，我们终于举家来到了这里。当飞机在旧金山机场起飞后不久，透过舷窗，很快就能看到大海了。快到夏威夷的那一刻，景色美丽得让人窒息。我惊呆了，大海时浅时深、时绿时蓝，有时则似孔雀展翅的羽毛，有着斑斓夺目的光亮……飞机在夏威夷机场停下，当我们走下飞机时，夏威夷小姐为我们每个人戴上了由夏威夷兰花编制成的花环。

在夏威夷机场，我们租用了旅行社为我们准备的小轿车，驾车在海滨附近的一家宾馆下榻，一家人一套套房。在阳台上，高高地远眺着大海，前面是一座哥特式的教堂建筑，每天清晨，从那里传出那悦耳的钟声，伴随着圣歌，夏威夷由此开始了它新的一天。

在那儿住上一个星期，真是哪儿也不想去了，这是天堂一般的地方，简直就是伊甸园。一沙一世界，一石一天堂，每天我们到海

一下飞机，夏威夷小姐，为我们献上了鲜花编织的花环。

滨沙滩上，那高大的棕榈树，在蓝蓝的大海衬托下，显得婀娜多姿。远处的三角帆船，点缀在蓝宝石似的大海上；嬉水的，冲浪的、晒日光浴的、野餐的男男女女，点缀着这美丽的海滨，使得整个夏威夷徜徉在青春中。在夏威夷，大海是个永恒的话题，傍晚，当你到西面的海边坐坐，你会爱上那里。那儿有茅草顶的亭子，我们坐在礁石上，天空开始现露微微的红色，云彩环绕在不再耀眼的太阳周围，海风、海水与礁石的拍击声，好像在与我们对话。已经记不得那云彩是怎么变化的了，但整个过程非常的神奇，我按下了一次又一次照相机的快门，我觉得自己简直爱上了这里。当我们仔仔细细地在海上看日落时，大自然的馈赠使我们逃脱了城市水泥森林中的束缚，让我们有更多机会与大自然交流。大海的平和与绚丽使我们沉醉在这现实的梦幻中。

　　大海！是梦开始的地方！不！大海是实现梦的地方。8 年来，我们一直梦想着女儿有戴上博士帽的一天；8 年来，女儿走过了一段坎坷的留学路，在她的人生旅途上，刻下了难以抹去的痕迹。我望着女儿与妻在海滩上游嬉，心中感慨万千。我喜欢海，因为它漫无边际，宽广博大，人们说："江河都往海里流，海却不满。"我喜欢夏威夷的大海，不仅因为它的博大与美丽，更由于它是中国革命先驱孙中山先生从事革命活动的地方，也是我国抗日将领张学良晚年生活的地方。二战期间，日本偷袭珍珠港，更使夏威夷成了世人关注的地方，有着神秘，有着神奇。我喜欢夏威夷的天空，因为它的高阔莫测，点燃着我的思想，浮想联翩。我喜欢夏威夷沙滩上的小贝壳，不仅因为它的千姿百态、美丽诱人，更是因为它几经狂涛冲击顽强生存的经历，侨居海外的中国人、留学生，都是时代狂涛冲击下遗留在沙滩上的贝壳，　我女儿就是这样一枚贝壳!

　　我们在夏威夷，更使我回忆起女儿在这8年的每一封信里对我们爱的心语：

　　我不管走到哪里，做什么，都总是你们的女儿，永远地爱你们，想你们，感激你们的养育之恩。你们对我付出了多少，我心里一清二楚，以后也一定会报答你们的，就像你们照顾我、爱我一样……

　　我知道你们爱我爱得有多深，回想起来，从小到大和你们生活在一起的18年里，你们是用你们的爱，为我编织了一张温情的网罩，把所有的世故、丑恶、复杂、负担都排除在外，只留下温情与纯洁给我，让我有了这么一个近乎完美的童年、少年，让我到现在，也永远都恋恋不舍。其实我也明白，不管在从前，还是现在的中国、上海、甚至于家庭周围，哪里就是这么美好的呢？但这段回忆，就像一个美好的梦一样，永远是那么的珍贵。……

又：

　　……我总觉得我很幸运，怎么有这么好的爸爸妈妈。以前节假日里，我也总喜欢待在家里，和你们在一起觉得最快乐，同学也都奇怪，我会一个月写两封家信，因为我从家里得到的爱和温暖太多

女儿在夏威夷热带植物园。

了，我似乎在感情上早已得到了满足，这也自然使我在外面结交的朋友就少了些。父母的爱是很伟大的，因为它是无偿的，即使我常常想起你们，可是我想你们的时候，总是比你们想我的时候少得多，让我觉得这对你们似乎很不公平。

在女儿留学美国的许多年中，我们常靠书信保持联系，书信是我们寂寞日子里稀少的欢乐与光明。女儿信中的每一个字都被我们贪婪地嚼碎，小心地咽下，然后一字不漏地"输入"记忆里珍藏着。女儿何尝不是这样呢？

　　思念是爱，爱是永恒的，它维系着大洋两岸的我们一家人。总有人感叹时间的流逝，仿佛大江东去，带走一路未及回味的风景，然而，总有一种牵挂会维系在亲人之间，并不随光阴流转而淡去。花甲之年的我，你论他说，蓦然回首，女儿走的道路真够回眸或细细品味了，其中隐含着无限深意，就如同含吮咀嚼着橄榄一样。

　　夏威夷的海岸燃起了火炬，照亮着高大的棕榈树，并与天空晚霞的金光艳色互相辉映着，这大概也是夏威夷的民俗吧！我呼唤着女儿与妻，该上岸了。

　　女儿与妻上岸了，我前去握住妻的手，并肩漫步回宾馆。结婚二十几年了，我很少握妻子的手，这不经意的握手，竟有一种异样的感觉，溢满了我的心头。这手已少光泽，皮肤也显得粗糙，一条条青筋暴露凸起。初恋时，我第一次握她的手时，那是一双柔软、光滑、小巧的手，细腻、白皙、光泽、娇嫩，宛如一块至纯的美玉。从恋人到夫妻，从两人世界到女儿的诞生，昔日卿卿我我的浪漫，已被琐碎的生活取代，教育孩子、关爱孩子、关心女儿的成长，成了我与妻的共同责任。随着女儿的长大，成绩优秀，全家兴高采烈，在激情中我们送女儿去了美国。女儿走后，家里的开支并没有减轻，妻子买这买那，买女儿爱吃的食品，买给她需要的衣物，一次一次去邮局排着队，为女儿寄去这小小的家庭礼物，寄去一片母爱。不知不觉8个年头的分离，难得有这次在夏威夷的团聚。当我再次握住妻的手时，我深感歉意——妻，你辛苦了。

　　就这样，在享受与回忆中，我们度过了愉快的七天。

18

从斯坦福到加大旧金山分校

女儿博士毕业了，正值美国新一轮经济起飞时期。一流大学博士毕业生，在硅谷高科技之地，找一份工作并不难，而且待遇优厚，这对我们国人来说是多大的诱惑啊！然而女儿选择了博士后的研究生活，她选择了U.C.S.F(美国加里福尼亚州立大学旧金山分校)的实验室，这是一所美国医疗水平很高的医学院，由此她站在了生命科学的最前沿。

人类在征服自然的过程中，对自身的认识似乎落后了许多，比如，征服自然，早在1969年7月，一个名叫阿姆斯特朗的美国人就登陆月球了。而对认识自身而言，三十年后的今天，人类才刚刚完成自己的基因图谱。约翰·霍普金斯大学遗传中心主任赫德森说："现在正在开发的有900多种基因测试，决定哪一种为最佳选择实在是一件相当复杂的事情。"我们将进入一个全新的医疗领域。在大自然中，人类显然是最具生命力的生物，然而长期以来面对小小的癌细胞，却依旧显得那么无能为力。癌细胞是人类自身基因的突变，比如说韩国科学家最新研究发现，一种由乙肝病毒生成的蛋白质，是导致乙肝在发展过程中发生癌变的原因。韩国东国大学教授金铁虎率领的科研小组近日指出P53 蛋白质可以抑制细胞癌变……因此对蛋白质的研究，从来没有像现在这样，被提到科研的议事日程。我理解女儿的选择，她在U.C.S.F的实验室做博士后

妻与女儿在旧金山家门前的合影。

也近四年了。在信中，她常常以一种奇特的类似哲学思辨的话语谈论自己的研究工作：

我们这个世界必然性和偶然性究竟各占多少？科学究竟还有多少价值？"科学不必为它失去了预言性而难过"，说得多轻松，可是似乎没有人甘心这样。

又：

……这些问题让人常常会想上几个钟头，但平时不能多想，也实在没有时间去想。只是这些不断积累起来的想法，开始只是一点直觉，但不断地碰到这样那样的问题，又读了一些有关的书，后来就变成了很多很大的问题。这几天一旦空下来，它们就会不自觉地在头脑里冒出来，挥之不去。有时演算题目，或是做实验、看结果，一个问题就会猛然冒出来，我们这样做这个、忙那个，自以为了解了或者能控制某一过程，但离真理的距离究竟有多远？有时候想，不要去想它了，可又忍不住要想。知道这不是我能够解答的问题，可还是没法不去想……

又：

研究是为了自己做学问的兴趣，这是我的哲学。要成为一块石头，百折不挠，哪怕经历几十年的风风雨雨，才有可能成功。历史上的科学家哪一个不是经历了"苦海无边"的磨练呢？

女儿在 U.C.S.F. 做博士后期间，她的资金来源于一个叫 D.RCRF 基金会。那是在 1946 年，Winchell 的好朋友 Damon Runyon 因癌症过世，Walter Winchell 在广播节目中呼吁为抵抗癌症而筹款，从而成立了这个基金会。1972 年 Walter Winchell 也因身患恶性肿瘤去世。由此基金会捐出一个亿的美金用作支持青年科学家研究和战胜癌症，鼓励国内最有前途的年青研究者去从事癌症研究事业。女儿获得了该基金会的博士后研究基金。博士后研究基金的宗旨是：用以支持培养有前途的博士后科学家去发展他们的研究事业，这个基金使他们能够在现有的研究室研究员带领下完成研究项目。有了这个基金的支持，使女儿能够在 U.C.S.F. 的一个研究室，完成她的研究项目，在此期间，女儿在专业学刊上发表了 7 篇论文。

实验室是一个圣殿，踏进圣殿多少个疑虑会被解开，然而同时多少个未知又会呈现在你的眼前。学海无涯苦作舟，故而孜孜追求乃是科学家的性格，女儿也一样。

我们在美国探亲时，看到她从实验室回家，有时一脸疲惫；有时虽然在实验室一整天了，仍是精神饱满；有时则满脸喜悦，那是实验做得顺利时，对于这种时刻，我们也会与她共同分享。每个实验总不可能是一帆风顺的，要一步一步推理，一个步骤一个步骤的实验次序，要带着思索不断总结，即使常常整整一星期的实验毫无结果。好在我们听到女儿常说的且感触最深的一句话是："很辛苦，但活得挺充实。" 女儿说得对，她说的这句话，也是对我们的安慰，在困难面前，也是最能调动积极性的时刻，人的潜能总是那么大，在实验室里，面对一个一个难题，几乎每根神经、每个细胞都会被激活，每个科学家都有积极调动自己潜能的能力。

在美国女儿家过圣诞节，有一天，女儿带我去参加一个教授家的派对。教授家位于旧金山金门公园附近的一幢小洋楼，布置得优

1996在弗罗里达过圣诞节。宾馆可以供应圣诞大餐，这是大餐的陈设，先要看个仔细，然后再选择自己的圣诞晚餐。

雅精致，充分显示出主人的修养和品味。实验室的同仁们都来了，美国人乐观开朗，对我们格外的热情，因为我们是那天晚上唯一的中国人。见我们到来，大家都围上来问长问短地讲了一大通，我是听不懂英语的，只能跟着他们的情绪变化着自己面部的表情，以示礼貌，但他们竟是那么的滔滔不绝。经翻译后才知道他们在向我讲述女儿的一个有趣"故事"：有一天，女儿正在实验室做实验，来了一个产品推销员，每见一人便把推销词说一遍，很快便被婉言谢绝了。几番推销词"朗诵"之后，推销员便来到了我女儿身后，又是一番推销词的朗诵，只见我女儿没拒绝，以为她在专心致志地听，于是推销员的劲头来了，把推销的内容越说越详细，也不知道说了多长时间，最后推销员终于发现，他推销的对象根本没有听见他在对她说话。事后，同仁们告诉她此事，女儿居然说："我根本不知道有这么一回事。"我听后哈哈大笑，这使我回忆起女儿小时候一件类似的事，于是就给他们讲了当年在乐团的排练厅里，女儿在交响乐的伴奏下读书的事。

那还是女儿读小学时，由于暑期放假，家中又没有人照管，女儿总是跟她母亲一起到单位"上班"。她母亲的单位是上海电影乐团，排练厅里经常有大乐队排练。上个世纪80年代的上海，一般的家庭和办公室都没有空调，但每逢大乐队排练时，排练厅里却开着空调，来乐团过暑假的很多孩子都去排练厅享受这夏日的清凉。女儿也坐在这群小朋友中间，自己拿着书看得津津有味，尽管空间荡漾着大乐队的伴奏，旁边还有孩子们的嘻笑声，却丝毫不影响女儿的注意力。

他们听后也笑着说："原来你的女儿是有历史'前科'的呀，她的'旁若无人'是出了名的。实验室的一门电话，就是安放在她的桌子上，因为放在谁的桌子上，谁都会嫌烦，怕影响工作，怕打断做实验的思路，因为每做一个实验都要全身心投入，不能有一点差错，否则，几天乃至一个多星期的实验就会前功尽弃。只有舒瓯不怕。"

爱因斯坦曾赞扬居里夫人："世界上所有女子都被美丽耽误了，唯独居里夫人没有。"其实，在今天仍有不少女性活跃在科研前沿。在教授家的派对上，就遇见好几位女性，其中有一位东方人。经女儿介绍，这是一位日本籍博士后，据说她早在1977年毕业于东京大学了，推算一下，当时女儿年仅三岁。想不到女儿在走过漫长的学习岁月，竟与她在一起做博士后了，科学道路真是路漫漫啊！后来女儿告诉我，第二年，该日本女士找到了工作，在加大圣地亚哥分校有了自己的实验室。

别看这些是在教授实验室里工作的青年人、中年人，但在圣诞节的派对上，他们依旧闹得天翻地覆，个个都像小孩似的，在中国人眼里好像没大没小，为了一样小小的圣诞礼物会争得不可开交，连教授也没有了权威。相形之下与在实验室里那样孜孜不倦的投入、那种深沉的思索，简直判若两人。

实验室像一个大家庭，各人做各人的课题，又共享着各自获得的数据，体会和成果。每周的某一天上午，是他们固定的聚会，轮流由一个人负责购买一些食品、饮料，大家围坐在一起，一面吃一面交流着各自实验的进展、体会，遇到的困难，发现的问题，新的发现……通过这样的讨论，他们共同分享着科研成果，同时会从别人的谈话中得到启发、帮助，有利于自己思路的开阔。每当轮到我女儿采购时，她总要去唐人街买一些中国特色的各式小点心、冷菜。据说，大家反应还是中国点心、中国菜最好吃，所以实验室同事们总是盼着女儿负责采购的日子。

有时候实验进行得不顺利，于是，教授会建议去野营，放松一下。有一次，他们开了5个小时的汽车，到了旧金山北湾的一个自然保护区，那儿条件艰苦，因为保护区里建设施是受限制的，他们只能带干粮、搭帐篷。在大自然里，这些年青的科学家们，哪怕是资深教授，也会像孩子那样疯狂一阵。据说，疯过之后，大脑得到彻底放松，会换一种思维模式，会获得新的灵感，也许实验就有进展了。在女儿的越洋电话里，经常有她与实验室同行野营的消息，女儿总会把风景保护区的景色描绘一番：原始森林的大树有多高，植物种类有多少，朝霞是如何的美丽。

别看他们玩得嘻嘻哈哈，在课题研讨会上却是另一种氛围，更会因学术上的分歧而"剑拔弩张"。我想这也是自然的事，不信你去看任何一本科学史，一不留神你会以为自己在看一部"战争史"。当然这所谓"剑拔弩张"的"战争"，无非是指学术观点的对立和分歧的激烈而已，这不正是美国教育所提倡的不断质疑的精神吗？正是在这种精神鼓励下，女儿无数次的假设、推理、实验，无数次无功而返，在显微镜下、在计算机前，光阴荏苒，女儿终于没有虚度在马里兰大学、在斯坦福大学、在加大旧金山分校的宝贵时光。她在权威的《科学》、《自然》、《生物化学》等杂志共发表了 17 篇论文，现在几乎每年都要参加生化领域的国际会议，并多次上国际讲坛讲述自己的科研进展。

想起与女儿在一起的日子里，女儿在经常唠叨的话语：

科学是什么？科学就是发现未知……

对已经掌握的知识进行推理，做各种各样的试验来证明你的推理是对的，或者是错的……

实验证明你的推理是错的话，要改变你的思维，重新进行新的推理，再反复地做实验……直到证明你的推理是正确的。人的认识就这样进了一步，世界就是这样被一点一点认识的。

女儿最近在一个越洋电话里说："我们实验室已经完成了对蛋白质结构的解密工作，目前正处在理论数据、写实验报告，处于论文阶段，所以还没有公布。我是研究蛋白质功能的，以后的科研将会进行得更顺利，任务也更多更重。"这无疑是个好消息，我为她们高兴，更从内心感到钦佩。

19

又是一条龙

　　我生于 1940 年，生肖属龙，当我步入花甲之年，迎来了又一个龙年。这一年我女儿产下一子，人们说又是一条龙。

　　整整六十年，六十年的人生之旅，六十年的梦幻。

　　1973 年 2 月，我在上海仁济医院产房前，等待着新生命的降临，护士出来通知我："恭喜你了，是个女儿。""文革"时期的我，正经历着漫长的思想改造，前途未卜。在女儿三岁时，迎来了新的时代，"四人帮"终于被打倒了，时值深秋，天气变化强烈，忽冷忽热的，几乎一夜之间，所有的树木都变了颜色，现出了深深浅浅的红色，与还没有变红的树叶衬映着，勾勒出了一幅斑斓绚丽的暖色调油画来，有的树上还挂着成熟的果实点缀着，伴着那时的明媚阳光，心里总觉得很温暖很轻快。说实话，不是环境造事、造物、移人性情，而是中国大地上政治气候的变化，给人带来了新的希望，我女儿这一代人终于有了健康成长的好环境。

　　时间过得很快，有人形容光阴似箭，有人说弹指一挥间，终于年仅十八岁的她去美国留学了，留学生涯几年，按中国人的习惯，到了父母关心孩子谈婚论嫁的时候了。我们对她的婚姻关心很自然成为两代人交流的话题。我的朋友对我说："她已经读博士了，而且很优秀，不知谁能配得上。"又有人说："不知谁能比你女儿更优秀。"说得我们也担心起来。

女儿来信说：

　　上帝创造人是一对一对的，你是个女人，总有一个男人是为你造的，你就在那里等着，总有一天他会出现，你也就被"抓住"了，虽然我不急于考虑，但有意无意在等着那个人，这个人和我想的一样、看的一样，能了解我，看透我的内心，而且欣赏我喜欢我现在这个样子，能理解我的追求，允许我向上发展……

　　然而，女儿究竟在等待着怎样的一个另一半呢？

　　一个人可以很聪明，可以有很多学问，可以成绩非常出色，可以在一段时期内非常成功，但是长时期的对于工作的热情，却是没有人可以装出来的，也不是凭一时的冲动可以成功的。我在这里看到很多同学，一开始雄心勃勃的样子，一遇到挫折就灰心丧气，慢慢的在这里待久了，就开始耐不住清贫，一个个要买股票、做生意、开公司，没有继续向上发展的志向……

　　因此，她对自己未来的意中人有着具体的想法。她来信说：

　　(1)在对生活、工作，对整个人生大的方面看法要一致；(2)要能够允许我按自己的意愿向上发展，容忍我待在实验室里，容忍我不去参加 Party 而情愿看书，理解我的志向，并且不想在这方面改变我。

　　女儿理想中的意中人，我想是存在的，世上总是有"耐得清寒真君子"的，世上总有理解支持女儿的人，我也坚信上帝是一个女人加一个男人一对一对地造人的。终于，这个人在 1996 年出现了，他叫刘卫东，长春人，有着与我女儿基本相同的经历。他早我女儿一年，从吉林大学物理系毕业，到美国密西根大学念双硕士；后又

在一位教授家的草坪上举行简单婚礼。

到斯坦福大学电子工程系攻读博士学位。他俩相识于斯坦福，都是同样的穷学生，想当年去美国的路费都是借集的。穷学生不可能必然优秀，但很多穷小子都比较有志气，他毕业后留职于硅谷高科技企业。我理解女儿的选择。

当时还不是女婿的他，也给我们来了一封信，信中说：

我们俩志趣相投、经历相似，也能够互相体谅，性格也合得来，我们彼此之间已经很了解，弱点也都知道。……她特别热爱事业，我很理解……我也理解她在你们心目中的重要位置，你们要知道，现在你们不是没有了女儿，而是你们多了一个儿子……

朴素的语言，使即将步入老年的我们放下了心。

我们没有参加他俩的婚礼，从录像中看到，女儿没有披上婚纱礼服，一件白色的连衣裙，还是女儿出国时穿旧了的，如今成了女儿的"婚纱"。在斯坦福大学的教堂前的结婚照显得那么神圣：在教授家中，一棵棕榈树下的草坪上，牧师为他俩祈祷，接受大家的祝福，显得那样的平实节俭。与平常不同的是，女儿头上戴着由鲜花编制而成的花环……后来，他俩在斯坦福大学博士生公寓里，包了中国特色的饺子，宴请了他们的同事和同学们。两个月之后，在学校暑假期间，他们双双回国，算是补度蜜月吧！在上海，我们为他俩补拍了结婚照。人们说婚姻是人生大事，我们想为他们再操办一下，好像这样才心安，但女儿在外多年，观念也变了，不讲究这些，使我们做长辈的也省却了那些世俗纷繁的礼节，倒也轻松了不少。

人们迎来了新千年，又值龙年之时，妻从大洋彼岸打来了长途电话：女儿产了一子，小外孙降世了，"恭喜你了，是个男的"。又是一条龙，小外孙整整比我晚来到人间六十年。当年，我女儿降生时，我在产房前苦等了整整一夜，护士说："恭喜你了，是个女儿"，这次女儿产下的则是一个大胖小子，也同样接受着人们的祝福。男的、女的，都是上帝给的，都要好好培养。

时代变了，当年女儿想打个越洋电话，付不起电话费，只能把心中的思念埋在心底。如今那痛楚的情绪不能发泄而陷入更深思念的时代已经过去了，我在越洋电话中听到小外孙宏亮的啼哭声，声声添人兴奋，电脑传来伊妹儿，还能看到小外孙的"光辉"形象。当年我妻产下女儿后，我苦苦排着长队，凭票买回那些传统女人月子里的"补品"之一幕幕情景，现今再也不会重复了。

可听妻说，在美国超市，只能买到那些冰冻的鱼肉家禽之类，美国没有中国农家养的老母鸡。说来也怪，一位现已定居在美国，原先是我们同事，不知从何处买来了一只活的乌骨鸡，大老远地开着车送到了女儿家。妻子高兴得什么似的，忙了一天，又是杀鸡、又是烫鸡、又是拔毛、开胸剖膛……美国的家庭生活十分简单，这

牧师为女儿、女婿证婚。

一天，也许是女儿家最热闹的一天了，这事一直流传着，好像大事一桩，女儿在美国也有活杀的乌骨鸡吃了。在越洋电话里听妻诉说着，隔着太平洋的我，也放心了不少。

小外孙降世半年后，女儿和妻邀我去美国团圆。这时我已退休，在桃红柳绿，绿染江南的时节，在有点儿醉意朦胧、有点儿诗意朦胧的日子里，我再次踏上飞越太平洋的旅程。这一天，天空正洒落着春雨，小巷飘来叫卖声，我离开了上海独居的窝，将与家人再次相见。

女儿已有了自己买下的小木屋，背靠山坡森林，面向着旧金山湾区大海。小区也正是鲜花盛开的时节，只是天气日日晴朗、阳光灿烂，没有中国江南细雨纷纷的湿淋淋的味道。时间啊，过得多快！10年了，一眨眼，多少个春去冬来不见踪影，遥想当年那个推着行李车，边哭边走离开父母乘上飞机的女儿，似乎还很熟悉，又似乎早已遥远。

小外孙长得虎头虎脑的，按美国法律，在美国国土诞生的他是美国公民了。想想也真有意思，女儿女婿至今仅拿到绿卡，还是中国公民，却养了一个小美国佬，但这小美国佬流淌着的是中国人的血脉，永远是中国人的基因。在美国一次和亲友相聚，坐着一桌中国人，有的是美国绿卡，有的是加拿大籍人士，还有澳大利亚的，一桌"中国人"是个小小的联合国。

据说中国留学生在美国有了孩子以后，父母为了这小美国佬，千里迢迢赶去的很多，我一介平民不说，据说，局级干部、部级干部去美国带养自己的小美国佬的不在少数。世道真是变了，国籍开始模糊，人们过着和而不同的日子，这"和"指的是和平的意思，"不同"是指大家保持着不同的文化背景，不同的习俗而已。

人类已经迈进了21世纪，回眸20世纪，两次大战使人类反思，使人类渴望和平、安宁的日子，永远厌恶战争。战争留给人类的只能是一场残酷的恶梦，不管是战胜国也好，战败国也好，创伤是无

一家三口在旧金山金门公园。

法抹平的，愿中国、美国携起手来共同维护起整个人类的和平事业。

每天，我目送着女儿、女婿开着各自的轿车上班远去，我与妻推着小外孙散步在小区花园内，从这个山坡到另一个山坡，小外孙见人就笑。小区里华人不少，总是不停地打招呼，总是说，小区里又多了一个中国人。华人在美国入了籍总还认为自己是中国人，虽是美籍华人，但他们一直认为自己是中国人，是改不了的习惯，是感情上的留恋，是血脉的认同……

鲜花飘溢着芬芳，小外孙会说话的明眸，在花园的阳光下熠熠生辉，他在宣泄着无言的心声。我在有意无意之间，扯下了几片鲜嫩的花瓣，放在鼻翼下闻了又闻，好像对我妻说，又好像自言自语："你看这花多艳多美，摘下来就属于我们的了。"言毕，望着略带憔悴面容的妻，从心里诉说："妻！你辛苦了，为了我们下一代的下一代。"我这个小家庭，经过几十年的惨淡经营，支撑起来的爱的小巢已有了第三代，这第三代是一条生在美国的中国龙。

20

女儿和BWF

在物欲横流的当今社会，很多人把金钱看得很重，处心积虑，得陇望蜀，利欲熏心。

虽然人都说："人生在世，千万别做金钱的奴隶和俘虏，钱这东西生不带来死不带去，够吃够喝够用就可以了，再多的钱你不去消费，或者消费不了，放在那里不就是一堆花纸么！有什么用？"但现实生活中，很多人就是一心想挣钱。其实这也没有错，利润的最大化仍是现代企业的最终追求。不过很多企业家最终还是用以回报社会。

据说，最近美国共和党总统为了竞选需要，讨好美国的富豪，提出取消遗产税案，却遭到以洛克菲勒为首的富豪们的强烈反对，他们认为，他们的财富来之于社会，也应回报于社会，这好像是对马克思主义思想的认同。国际社会在这种思想支配下，类似一些红十字组织、基金会组织产生了。

女儿在斯坦福大学的博士生涯整整五年，得到了全额奖学金。学校发给学生奖学金的来源也是富豪们的捐助，连这所学校的创建也是斯坦福先生毕生财富的奉献。

如今，女儿即将结束博士后研究生涯之际，马上需要创建自己的实验室，资金从何而来呢？正当我们为女儿今后担忧的时候，女儿已向一个总部在英国伦敦的Burrought Wellcome Fund(波罗斯维康基金会)提出了申请基金的要求。

Burrought Wellcome Fund(缩写 BWF)源自两位名叫 Silas Burrought 和 Henry Wellcome 的年轻人，他们是美国药品公司驻英国的代表，于1880年在伦敦合作开办了一家公司。起初为赢利性公司，叫 Burrought Wellcome and CO，随着业务的发展，他们意识到做药品的生意，需要有强大的研究人员做支持，需要有自己的研究室，因此成立了药品销售业第一个实验室。后来 Burrought 去世，Wellcome 于1924年招集所有子公司，统一改为 Burrought Wellcome Fund。

BWF 成立于1955年，最初是属于 BW 医药公司名下的基金会，1993年在 Wellcome 的支持下，BWF 在英国的慈善机构转型为一个独立运作的基金会。BWF 的董事会由科学家与商业人士组成，拥有5亿美金的捐款，其中每年大约50%的捐赠金会被分配给美国和加拿大。基金会一直贯彻着公司最初目的，就是去帮助那些杰出的科学家发展事业，使其成为一个独立的研究者，并且提高生物科学研究水平，或对其进行特殊奖励。每年 BWF 的捐款发放，要通过激烈竞争和仔细审查才能获得，女儿参与了2003年 BWF 基金发放的竞争。我们一直关心着，正处于信息时代的今天，太平洋并没有阻隔我们与女儿的往来，跨越遥远的时空，不时传来女儿的笑语声声，传来一个又一个消息。

2003年3月，女儿从美国西部旧金山飞抵东部 Carolinian (南卡罗来纳州)接受 BWF 总部派来人员的面试，5月份得到通知，女儿顺利地获得了这笔高额基金。那天我们从越洋电话里得知这一消息时，两人是那样的高兴与兴奋，因为要得到这笔基金会的基金是很难的。基金会面向国际，名额只有13名，与数以百计的申请人的比例来说，我们的信心是不足的。当时，女儿只申请了这一个基金会，我总是劝女儿是否再多申请几个基金会，万一这个基金会申请不到，还有别的基金会作后备，这样比较稳妥一些。但女儿对此举很有信心，对我们的劝说淡然一笑了之。谁知女儿竟是一马中标，从她越洋电话的语气里，即使在告知我们这一好消息时，也显得那么平淡无常，女儿显得比我们成熟多了，是那种荣辱不惊的心态。几天之后我们又得知了一个消息，该基金会把这次获得基金的13个人的材料送到诺贝尔总部，总部从中挑选了三名人选，邀请赴瑞士参加由诺贝尔总部召开的新老科学家聚会，届时，历次获得生化诺贝尔奖的得主将参加这一个会议。女儿竟又被幸运地选中，这真是喜上加喜。

消息从亲朋好友中传开，不时传来一片赞扬声："你女儿真是不

女儿和孩子在旧金山金门公园。

179

得了，怎么给你养到这么好的女儿！""你女儿真是块读书的料！"
"你女儿是科学家了！"他们说得不对吗？但这时的我们除了兴奋之
外，似乎心中也涌动着一股酸涩，这酸涩如果让它流出来，那流出来
的东西便可称之为"眼泪"。我们哭了，笑着哭了，笑着落下了泪花。

　　回想起3月份我还在美国探亲时，3月18日是女儿飞往美国东
部南卡罗来纳州接受面试的日子，正值美国经济不景气，9.11事件
后，遭受打击最大的要算美国的航空业了，乘坐堂堂美国航空班
机，居然不供应午餐点心了。那天，我深夜就起床了，为女儿准备
油煎水饺，让她带上飞机当午餐，然后目送女儿开着小汽车驶上公
路，消失在黎明前的朦胧中，我默默地为她祝福，心中一直为她祈
祷，祝愿她平安，祝愿她好运。这些日子正是美伊开战前夕，旧金
山反战浪潮一浪高一浪，气氛显得有些紧张。没想到送走女儿的这
一天下午，布什总统竟在电视里宣布向伊拉克开战，美国国内安全
警戒升级。我的心里也不免紧张了许多，心里牵挂着。女儿啊！你
可选了个好日子。是吉，是凶，心中感到空落落的。第二天后半夜，
我一直翻来覆去地不能安睡，直到女儿回家站在面前，一颗悬着的
心才安然。

　　从某种意义上来说，父母把儿女培养成材，儿女的事业越辉煌，
离父母就越远，他们总是在家乡被播种之后，在遥远的异地开放，父
母就好像全身心地供养着一只鸽子，把它武装得翼羽丰满后，然后
含泪放飞。一旦试飞成功，它们就消失在秋天茫远的蓝天上，把回
忆和思念留给了父母亲人，预示着孩子永远不再有那么多的时间和
你呆在一起，不再像过去那样闹着追在你身后做你的影子。虽然每
个父母都要经历一场对子女物质精神断奶中的胀痛和空痛，但唯有
子女的突然远离，将这种感受才集中体现出来。

　　6月，是女儿要去瑞士参加由诺贝尔总部召开的新老科学家聚会
的日子。

　　我们总在想念着女儿。女儿当前的处境是，一方面实验室忙得

不可开交，一方面她两岁的儿子需要人照看，事业、家庭能不能双赢呢？她自信地说，她的孩子应该自己带，这是她在美国生活了十多年之后的理念，但是她要去瑞士诺贝尔总部参加会议，那是一个历年诺贝尔奖得主都来参加的会议，带着尚年幼需要人照顾的孩子，她将怎样赴会呢？我与妻都为此焦急，近来的赴美签证又是那么紧，否则我恨不得第二天就买张机票飞抵她的身边了，为了团聚，也为了照看一下她的家庭，做一个尽职的"管家"。女儿和女婿也商量着，倒是他俩想出了好主意，女婿也利用这段时间，全家一起到欧洲旅游一次，于是一次国际学术界的会议，成了她小家庭的旅游大餐。

差不多十来天了，我俩没有得到女儿的消息，在记忆中她将于6月28日飞抵瑞士，也许在那儿打电话不如美国方便，也许又将是个步履匆匆的日日夜夜，与科学家中的老诺贝尔奖得主见面、交谈，与年青科学家同行们畅叙。作为老父老母的我们自知其趣，从心底里祝福就行了。但思念之情缠身，梦里相见的女儿是一派学者风度，仍然是孩子脸，仍然是扎着马尾巴的长发，清瘦的面庞却有着炯炯有神的双眸。

瑞士，一个多么让人想往的国度，阿尔卑斯山天籁之所的景色，那古城，那高度文明的国度，那瑞士手表的工艺折射出古老传统和现代相融合的气息。它是世界上为数不多的至今保持着中立的国家，古老的欧洲在20世纪曾经饱受两次世界大战的灾难，而瑞士因此却免遭了战乱之苦，瑞士在1815年的维也纳会议上被确认为"永久中立国"，和平属于瑞士人，人民可以高枕无忧。科学属于热爱和平的人类，诺贝尔总部把这次会址设在瑞士，也许就有这层意思。据女儿说，会议在一个叫Lindau Island(林道岛)的地方召开，位于德国、奥地利和瑞士三国交界处，在这里开会，游览这三个国家实在方便。在电话里，听女儿说有一次去苏黎士吃饭忘了带护照，在回德国的路上一直担心会遇到麻烦，结果在边境说明了一下情况就顺利通过了。这使我想起雨果在一百五十多年前，曾设计梦想过的超级欧洲国家大蓝图，经过坎坷漫长的道路，十多万字大欧盟宪法草案框架终于基本完成，统一使用了欧元，相对畅通的边界亦显示了欧共体的魅力。

不久我们收到了一个从远洋寄来的快递邮件，那是女儿从美国寄来的，从电话里，我们早已得知女儿寄出了这个邮件，那是她举家在这次参加会议期间，在德国、在瑞士拍的录像光盘与数码照片光盘。其中还有二张照片，一张照片的后面，女儿记录着："同我谈话的是Werner Arbor，1978年NOBEL（诺贝尔）奖得主。"另一张

2003年7月诺贝尔总部邀请女儿赴瑞士参加一个学术会议，女儿高兴的寄来了她参会的照片，背面写着"同我谈话的是Werner Arbor，1978年Nobel奖得主"。

照片拍的是德国慕尼黑附近的新天鹅宫照片。

我们赶快打开电脑，仔细地观看着她这一家子的旅游纪录片。探亲回国没几个月，发现录像上的女儿瘦了许多，但仍然有一双透着自信的明眸。我们看了好像放心不少，又好像感叹甚多。如果孩子成功了，在今天看来她唯一没改的还是叫你爸妈，有时还改称老爸老妈，但我感到好像是一个耗费甚巨的工程突然被掠走了，如同灰喜鹊孵杜鹃，直到杜鹃会唱歌了，疲惫的灰喜鹊才恍然发现，那只寄养在自己窝里的孩子，并不"属于自己"的了。她是属于她热爱的事业。小时候再顽皮，都是父母的孩子，长大了再孝顺，也只能是社会的子民。

女儿不像某些女孩子那样患得患失，锱铢必较，对于衣食无虑的生活，她心满意足，对别人的发财发达，她乐观其成，但兴趣索然。如果说她不思进取，其实是冤枉了她，她在生活中赢得了平静和宁静，为家庭省却了很多苦恼和麻烦，以平静心态默默地耕耘在实验室。其实这就是收获，我们最大的祝愿也是她成为一个对社会有用的人。

21

女儿·妻子·母亲

中国女性给人的感觉相对是纤弱的，历来总是与"弱"字联系在一起。在历史上虽然有巾帼英雄记载，亦常引为美谈，但屈指数来，又有几位呢？就是现代社会，女人走出了家庭，然而站在科学前沿阵地的仍是凤毛麟角。从小我们仅仅是希望女儿能考上大学而已，从没有对女儿寄予过多的厚望，以至在她戴上博士帽的日子里，使我思索了好久，日思梦想的东西，总是那样迟迟不来，不敢奢望的甜果，却好像一下子来到你的身边。

我的房间里挂着女儿戴着博士帽的照片，那是在毕业典礼上，我亲自按下快门拍摄的，俊秀的脸庞，还带着孩子气，但看了照片的人都说："看得出，这是个做学问的孩子。"

有人说，事业、家庭二者必居其一，为了家庭，事业必然要有所牺牲，特别是女人，为了孩子牺牲了自己的事业，为了丈夫的事业牺牲了自己的进步，这样的例子还少吗？人说成功的男人背后必有一个支持他的妻子，那么女人呢？

在美国，妇女在孩子出生之后，很多人就把工作辞了，专心在家里照顾孩子，待孩子长大了以后再出去工作，就像美国的电视剧《成长的烦恼》中那位几个孩子的母亲。因为请一个住家保姆所需的费用也不少，再说美国也很提倡亲子教育，所以在家照顾孩子的母亲，被认为这也是一份工作，而不是一个仅靠丈夫养着的"闲

女婿和孩子在美国海滨合影。

人"。当然"相夫教子"的一直待在家里也不是没有，美国的制度也保证她们退休后有一份养老金，是其丈夫养老金的一半。

女儿身在美国却没有那样做，孩子是在她做博士后的岁月中出生的，在她看来，事业、家庭好像是一个人的两条腿，缺一不可，这话说得有道理，然而做起来却何等艰难。一个个越洋电话传递的是她的艰辛，我们在电话里总是问："孩子好吗？你现在又要上班，又要带孩子，你的科研工作又那么忙，安排得过来吗？吃得消吗？"女儿总是安慰我们说："还可以吧！大家都是这么过来的，这也是人生经历啊！""我小时候你们带着我，不是也很辛苦吗？"小外孙今年三周岁了，曾经带回中国在爷爷、奶奶家养育了近一年，女儿认为孩子应该自己带，孩子只有在父母亲身边最有安全感，所以她坚持自己带孩子。孩子也有感冒、发烧的时候，在美国没有孩子一生病就看医生的习惯，除了看急诊，一般情况都要事先预约，才能去看病。有几次越洋电话里，我们得知小外孙发了39度的高

在旧金山城附近的公寓前女儿抱着儿子与她母亲合影。

热，医生却让女儿观察两天，如果不退热再去医院就诊。孩子发热生病了，幼儿园也不能送了，女儿和女婿只能轮流请假在家陪孩子……

家庭和事业应该是和谐的，可有时候却又显得那么的矛盾和不协调，我理解女儿和女婿现在的处境，他们都是那么热爱自己的事业，也都那么放心不下他们的家，那个淘气的儿子，在给他们带来欢声笑语的同时，也总是给他俩添了不少乱。越是在这种情况下，越要携手珍惜自己营造的家，这才体现出事业和家庭就像是一个人的两条腿走路那样和谐共进的比喻。

他们每天超负荷地工作着。在竞争激烈的今天，一个要在科研领域里攀登，一个要在大公司里争取到一次又一次的提拔，这谈何容易啊！如果他们仍然是单身，如果他们还没有这个需要他们付出更多精力和时间的儿子，他们的日子会过得平静得多，他们可以全身心地投入到他们的事业中……不过，话又说回来，如果他们至今还没有孩子，生活中会感到似乎缺少了很多。

在他们为家庭操劳付出辛苦的同时，我们也会在电话里，感受到他们节日的浪漫，感受到他们周六、周日生活的丰富多彩。在周六他们经常带着孩子去超市，买回一周的食品，回来之后又是烧又是炒，在厨房里大显身手，经常是四个煤气灶同时打开，能干的女儿会在两个小时内把一周的菜全烧出来。周日一般是他们小家庭休闲的日子，旧金山湾区的海滨够迷人的，把汽车开到海滨去是他们通常的休闲方式，有时要去一天。在海滨，他们和孩子任意地追逐嬉戏，有时在海滩上躺着让温暖的阳光肆意地晒着全身，中午在海滨沙滩上吃着自带的午餐，与浪嬉戏，与海水作伴，一直玩到阳光西下，彩霞染红了天空。他们几乎每过一周，就要另去一个海滨。湾区的海滨一个又一个，各有风姿，各有风情，也真是够他们玩的。

我们去美国探亲，既是享天伦之乐，也是我们窥视他们小家庭生活的机会。我们尝着女儿烧的一个又一个菜，尝着女儿包的饺子，味道还真不错。想着在上海从来没有烧过菜的她，只是在临去美国前夕，临时抱佛脚地，在厨房里，在妻的指导下见习了几次烧菜的技巧，现在居然能烧出这样可口的菜，我不由地满口赞扬，她却说："我们搞生化的人，烧菜的味道一般都不错，烧菜就像做生化实验一样，各种各样的调味品都放些进去，味道自然不会太差……"说得头头是道。

在美国探亲期间，我们也经常与他们同去海湾度假，有一次，刚学会单独站立的小外孙被一个突然扑来的浪花打下了水，弄得他

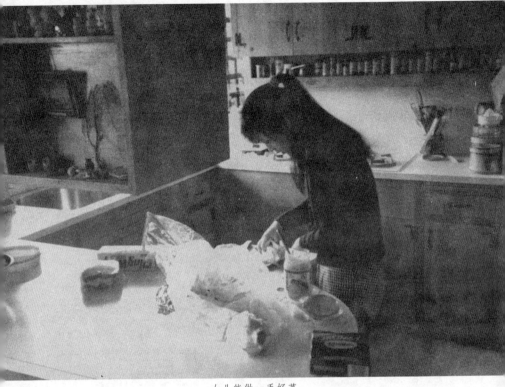

女儿能做一手好菜。

全身湿透不算，还满身满脸的全是沙，连小嘴、小耳朵、小鼻孔里都灌满了。我赶紧把外套脱下来，把小外孙紧紧地裹住，女儿却笑着说："这是海浪给他的礼物，湿了没关系，让他吃点苦头，要经得起大风大浪。"虽然说得有点道理，但我真的怕孩子着了凉发烧怎么办？

我们不在美国的日子，邮局不时给我们送来专递，我们总是那么兴奋。女儿给我们寄来了他们浪漫生活的光盘来了，鼠标点击下，女儿、女婿、小外孙在森林，在古堡，在海滨嬉闹的画面呈现在面前，这是我们的家庭"影院"节目，虽然拍得水平不怎么样，但真实画面里的一切，够我们欣赏了。这就是他们的生活，事业家庭交织着，共同奏起一曲"家"的小乐曲。她还是我的女儿，在我们的眼里还是一个长不大的孩子，她又是一位母亲、长者，愿她培育出一个健康的孩子，又望她是一位贤妻，有一个永远和睦的小家庭。

人们说，家是人生旅途温暖幸福的港湾，人生道路总是坎坷、曲折，充满着风浪的，每当风浪来临，你就可以享受被誉为避风港的"家"了。

千百年来，中国人存在着"女主内"的意识，是也非也不去争论它，然而家务劳动有"累"的一面，也有"乐"的一面，它有时也能增进家庭成员融洽的关系。从家庭的社会属性来说，家务劳动既是一种负担，也是一种责任，也许是对终日忙忙碌碌的实验室生活的一种解脱，一种别样潇洒。

打开 BWF 网站的主页，BWF 在 2003 年 5 月 7 日公布了今年发给 13 名科学家基金的名单，有哈佛大学、斯坦福大学的博士后，其中也有 U.C.S.F 的博士后，我女儿的名字 Shan Shu-ou PH.D(博士后)也在其中。不懂英语的我，对女儿的名字 Shan Shu-ou(单舒瓯)却那么敏感，于是我兴奋了好几天。

事业、家庭对成功人士来说，就像是一个人的两条腿，人就是靠着两条腿走向遥远的。

娇小的她，在科学殿堂里，执着探索，在生活的大海中，畅意荡漾。

书房里，一箱箱、一卷卷论文资料，铺垫着走向科学的大道。

阳台上，一盆盆、一株株生机盎然的花和草，是她双手创建的伊甸园。

厨房里，那熟练的操作，是她完美自我的体现。

对名著的钟情，对艺术的欣赏，是她在稍事休息时摄取的另一份营养。

看着她从早到晚忙碌的身影，我在想，人说贫寒出勤奋，磨难

一家子在旧金山渔人码头度周末。

铸刚强，可她竟是父母膝下的独生女，家境舒适的上海姑娘。

想着想着，直觉和职业同时告诉我：这韧性、这能力、这优秀的品格，先是源于良好的学校和家庭教育，后又得益于个人的勤学与修炼。

送走女儿去美国已有12年了，12年的变迁，我与妻均已"告老还乡"了，有时妻子会说：我们怎么生了这么一个女儿？这女儿不好吗？不。她给我们带来无限的希望，好几次梦见女儿，竟在梦中笑出声来；但醒来的我，却感到女儿越来越不是我们的了，她总是和书在一起，与实验室在一起，现在她又去瑞士，和新老科学家在一起。他们有他们的话题，谈不完的话题，做不完的试验，也许他们将会合作攻克一个又一个科学的疑问，也许他们将互相启示、广征博引、互相启迪打开新的思路……科学天书的秘密将被他们解开，他们将以难以想象的非凡才智激活肌体内潜存的智慧与灵性的细胞，尽兴遨游在广阔的科学海洋上，他们不会满足于对现有知识的积累和运用，创造和开拓才是科学家的终极目的。

　　每当我看到与孩子生活在一起的一个又一个幸福家庭，看到别人的孩子在喊着他的爸爸妈妈，我们会有很羡慕的感觉，有时又感到我们的牺牲是否太大了？退休三年了，在公交车上，在大街小巷里，有时听人家叫我大爷，感到自己真的是老了，多希望能与女儿在一起啊！毕竟女儿是我们唯一的孩子，但仔细想想，我们又义无反顾。

22

谢 绝 哈 佛

宋人有词云："流光容易把人抛。红了樱桃，绿了芭蕉。"词确实写得很美。其实，流光何曾把人抛？流光对每个人都是公平的，一分一秒都没有偏心。女儿是一位"只争朝夕"的人，今年 31 岁的她，已在美国奋斗了 12 个年头，流光不仅红了樱桃，绿了芭蕉，也成就了她奋斗的事业，奋斗的人生，真是"天公从来最公道，流光何曾把人抛"。

家里新近装了可视电脑电话，第一次与女儿打通了电脑电话，真是激动不已，多时不见的女儿出现在我们的电脑屏幕上，我与妻的形象当然也出现在女儿家的电脑屏幕上。女儿大叫起来："爸、妈，看起来你们还健康，脸色红红的。"而我看到的女儿却显得消瘦了一些，不免有些心痛："孩子，你都好吗？在美国奋斗，要注意自己的身体，你瘦了，要多吃一些……"这是每次与女儿通话时的唠叨话，今天的可视电脑电话也依旧让以往的唠叨话重复着。"爸、妈，告诉你们一个消息，哈佛大学已经向我发出邀请了，通知已来了，不过，我申请的其它一些学校，有的还没有面试，我想等一等，把各个大学的条件综合一下，再作最后决定……"她说得很随便，笑嘻嘻的脸上，掩盖了她略带疲惫的神情。这些日子，我和妻一直在等待着她落实工作单位的消息，听到这消息时，一时的兴奋化为一股酸涩，化为一行热泪，情不自禁地流了下来。

自从那年 11 月份以来，女儿不时接到通知，要她去申请工作的大学面试，短短的一两个月，她从旧金山机场一次次地飞往圣地亚哥、飞往波士顿、飞往洛杉矶、飞往纽约，去圣地亚哥分校、哈佛大学、加州理工学院、哥伦比亚大学面试……每次都是第一天飞去，第二天面试，第三天再飞回来，也够折腾的了。我们的心里总是牵挂着。有时妻总会担心地问我："不知道女儿能不能当上大学教授，她的志向又那么高，非要到美国的一流大学去做教授……"有时又问我："女儿现在正在赴大学面试的旅途中，在波士顿？在纽约？在圣地亚哥？在芝加哥？……"妻也真傻，我怎能知道呢？有时电话铃响了，是女儿来的电话，我们第一句话总是问："你现在在那儿？是洛杉矶？圣地亚哥？纽约？……"

回想起一百年前的 12 月 17 日，美国人莱特兄弟制造了第一架动力飞行器飞向空中，标志着人类动力飞行时代的开始。今天，卫星飞到了月球，"勇气"号在火星上登陆，中国神州五号也成功地载人宇航了，变化是多快啊！女儿今天飞这里，明天飞那里的飞行旅程，也是得益于今天现代文明的进步啊！

面对着可视电话，我们看着女儿，女儿看着我们，一问一答，互相倾吐着自己的心声，聊啊聊的，小外孙对着电视向我们说：要尿尿了……我们互相笑着，结束了这次通话。结束通话后，再一次咀嚼品味一番，捕捉一下她在太平洋彼岸的特有信息：美国一流大学，全世界鼎鼎有名、在国内也是无人不晓的哈佛大学，邀请女儿去建立自己的实验室，研究自己的课题，生命科学的一个个课题，什么蛋白质的作用，蛋白质的结构，控制人类基因的变异，微观世界里一个又一个课题、难题……她将走上哈佛大学的讲坛，去科学的圣殿传授知识。女儿啊！多了不起，要是一位中国学生能被哈佛大学录取，在国人眼里，肯定是方圆几十里要扬名的，而女儿不是哈佛大学录取的普通学生，而将会是一位哈佛大学的教授。妻开玩笑地对我说："我们夫妻俩这么笨，怎么会养出这么一个聪明的女儿来？"我想了好久，对妻说："大概是负负得正吧！"妻也笑了。其实，女儿只是更勤奋、更执着而已，真是梅花香自苦寒来啊！我们也从中悟出了"面壁十年图破壁，难酬蹈海亦英雄"的人生哲理来。在电话里女儿还告诉我们，在哈佛大学复试的日子里，哈佛大学的校长接待了女儿。这位校长是一个中国通，能说一口流利的汉语，他用汉语与女儿交谈，在他的客厅里还挂了一幅慈禧的画像，据说流传至今仅两幅，一幅就在他的客厅里。这无疑使女儿对哈佛更多了一层亲切感。

哈佛大学几乎是无人不知无人不羡慕敬仰的一所名校，哈佛大学的经历是成功的象征，更是地位和身份的象征，多少世界元首，多少国家总统得益于哈佛大学的深造经历，而这样又集结了多少诺贝尔奖的科学家啊！其实美国又何止哈佛大学是优秀的呢？与哈佛大学相比，加州理工学院也是独树一帜的，具有鲜明的个性和特色，这所学院只有850名本科生，却有研究生1000名及1000名博士级研究人员，有280名各级教授，他们都是各自领域的学科带头人，这是一所"小学院做大学问"的学校。加州理工学院坐落于帕萨迪纳美丽的圣盖伯利山脚下，是美国声名显赫的名牌私立大学之一。从这座有着110多年历史的著名高等学府里，走出过29位诺贝尔奖获得者，56位国家科学技术奖获得者以及更多的其他奖项获得者，人类社会的许多重要科学发现及研究成果，诸如喷气推进原理、测量地震烈度的对数等级、所有粒子都是由夸克和反夸克组成理论、人类左右脑功能的区分等等，都是在这里诞生的，在目前火星探测项目中名声大噪的喷气推进实验室，也是由这个学院管理的。它是一所师资团队相对稳定，研究与教学并重的学府，堪称为科学家的摇篮。2000年加州理工学院在全美高等学府排名中为第一，哈佛为第三，当然几年里，名次略有上下，不过这已足够说明加州理工学院与哈佛大学均属全美名列前茅的一流大学了。

我女儿也收到了加州理工学院的邀请，几个月里女儿前前后后收到了九所美国一流大学的邀请函。这些大学都给予了女儿优厚的科研条件，难怪几次电话里，总能听到女儿朗朗的笑声，她多高兴呀!在美国整整12年了，12年的艰难奋进，一步一个脚印地在科学道路上跋涉。这些日子，我们也沉醉在一种幸福氛围中，这幸福感不是多少金钱所能代替的，有时侯，这幸福感还会伴随着湿润的泪水。在电话里，我们问女儿："这么多大学邀请你去，你选择那一所啊？"我们还开玩笑说："从前有位阔少爷，很多人给他作媒论婚，他一个一个看过来，对象太多了，看花了眼，选了一个大麻子……"说得她哈哈大笑起来，看来女儿成熟多了，她在最困难的时候没有气馁，在成绩斐然的时候没有得意忘形，她总是那样踏踏实实地做着学问。也许，这就是她成功的所在，看来持之以恒地做学问才是"硬道理"啊。

首先发出邀请聘用女儿的是哈佛大学，在众多名校可供选择的时候，女儿却收到哈佛大学再一次的通知，限定女儿在十日内做出是否应聘的答复，女儿如实回答说："正在考虑尚未决定。"期限到了，哈佛大学告知，给予延长十天考虑的时间。女儿给哈佛大学的回答仍是："未能决定正在考虑。"这时哈佛大学决定再延长二周，让女儿慎重考虑，再不决定，将不保留聘用名额。这时，女儿给哈佛大学写了一封回信，说明："应聘去哪所学校，是一个需要综合各方面情况，需慎重考虑的问题，所以迟迟未能做出决定，影响了贵校的工作进程，深表歉意。由此而使贵校取消对我的应聘，我表示接受。"哈佛大学在收到女儿的这封信函之后，又给女儿来了电话，表示:你觉得需要多长时间考虑，你自己决定吧;并对一次又一次地实施限期的做法，表示歉意……

女儿考虑再三，终于选择了加州理工学院，谢绝了哈佛大学的聘用。我把这个消息告诉亲朋好友，有人不理解，因为在中国人的眼中，哈佛大学的名气最大。事实上在美国人的眼中，加州理工学院和哈佛大学同是齐名的私立名牌大学。选择加州理工学院，因为女儿喜欢美国西部那自由自在的风情，宜人的海滨气候，特别是加州理工学院特具个性的办学理念，各个系室不设界限，容易交流的学术氛围。加州理工学院给了女儿优厚的条件，2500平方英尺的实验室，95万美金的科研启动资金……此外，在申请期间，加州理工学院一位系主任，前后二次飞来旧金山看望女儿并共进午餐，商讨日后如何开展研究活动，这种非常人情化的做法，也使女儿感到异常的亲切。另外，加州理工学院非常尊重女儿的考虑和选择，不曾限定女儿作出选择的期限。

回想起与女儿曾经谈论过的话题，我们说："大学毕业了，可以找工作了。"她总是说："不，我还要读硕士、当博士。"当博士帽戴上之后，总可以找一个工作了吧，女儿还是说："不，我还要再做博士后。"每次，总是以她的胜利而告终，因为路在她的脚下。现在看起来，女儿总是胜我们一筹，我们显得有些守旧，落后于形势了。世界是属于青年人的，每当碰到需要选择时，她总是有她的理想，有她的更高的追求。她总是那么自信，那么勇于面对新的挑战，她总是那么有把握地相信，面包会有的，牛奶会有的，一切都会有的。这使我悟出了一个道理，困难并不可怕，重要的是有耐心和坚持。真想不到，在人们埋怨当前社会浮躁之风的时候，女儿却是一个例外，她脚踏实地步行在科学的艰辛路上。其实一天24小时，无论对谁上帝都是分秒不差地赐予的。女儿是一位善于抓取每分每秒的人，把时间物化为一件件一桩桩看得见摸得着的业绩，每一个实验，每一次推理，每一篇论文……面对着地球、宇宙的视野，生命的奇迹，人类对自我的认识，宇宙的奥秘，我们需要去接受和探索这不平常的事物，而科学就是用最简单的方法去解释这复杂的现象，虽然这最简单的追求却要经过我们最复杂的劳动。人生好似一篇文章，这文章的开头如何写，由不得自己，而中间的过程和结尾部分则完全靠自己来完成，出彩不出彩，全由自己的努力去铺垫了，每个人都在铺垫着自己的人生。女儿也在按她独有的方式铺垫着自己的人生。

　　我将再一次启程赴美探亲，这一次，我将会看到女儿的又一个崭新的家，我还会对女儿说，你辛苦了，歇一歇吧！女儿则依旧还会还之以微笑，以示安慰。我也知道，女儿是不会歇下来的，对她而言，每一阶段学习的结束，总是伴随着新的学习历程的开始，俗话说有始有终，女儿却总是"以终为始"。也许就是这"以终为始"，才使她成功地踏上了世界一流大学的讲坛，开始了永恒的探索之路。

后 记

中华民族是一个重视教育的群体，古有孟母三迁其居，只为孩子有个好的受教环境。人们敬佩歌颂那寒窗十年的学子，坚信"书中自有黄金屋，书中自有颜如玉"，那"万般皆下品，唯有读书高"的风气虽不可推崇，但仍深入人心。神秘的国门再次被打开后，一批批学子踏上留学路，女儿就是其中的一位。

整整12年了，这期间有成长的甜蜜，有阵痛的迷惘，有成熟的喜悦，也有反思的深沉。餐馆劳役，实验室打工，熬过多少个不眠之夜，靠的是勤奋，靠的是付出比别人更多的努力。通过考试一次次第一名的获得，走上领奖台，进入一流大学，最终戴上了博士帽，实践着"只要你努力，美国梦就在你身边"的经历。

遗产是可以继承的，但知识绝不能遗传，有的人享受着衣来伸手，饭来张口的富裕生活，而知识不可能人为地灌注进脑袋。经历是人生一大财富，知识求索的过程更是人生的一大财富。

我欣赏女儿的话：

研究是为了自己做学问的兴趣，这是我的哲学。要成为一块石头，百折不挠，哪怕经历几十年的风风雨雨，才会可能成功，历史上的科学家哪一个不是经历了"苦海无边"的磨练呢？

科学是未知、是严谨的推理、合理的假设、细致精确的实验，还有就是不断推翻旧的理论，构造新的假设。

科学对于我来说，不仅仅是现有的公式、定理、顺序，我们的头脑，也不应该变成储存知识的仓库，科学更是一种态度、一种精神状态、一种过程，是人类不安于接受自然的、或任何神明的奴役和摆布，要求探索、了解、要给这个杂乱无序(表面上)的世界，找出一个可以寻求的规律，可以驾驭的系统。人可以为之骄傲的地方，就是那种不安本分的挑战精神。

我欣赏女儿的话：

> 我这辈子，只要生活过得去，有钱买书就行了。

中国有句话叫"人为财死"，与拜金主义如出一辙。这是在古罗马时期，金融之神朱诺(Juno)向人们发出的警告。"钱"在英语中称Money，拜金主义者有句口头禅："Money first"(金钱至上)，这是从西方流行的"Lady first"(女士优先)转借过来的，以示对金钱的崇拜。但女儿用自己的方式向它发出了挑战。

人生活在充满诱惑的社会里，只有保持对实验室寂静生活的纯真心态，才能在科学的圣殿里跋涉。

我欣赏女儿的话：

> 一个人可以很聪明，可以有很多学问，可以成绩非常出色，可以在一段时期内非常成功，但是长时期的对于工作的热情，却是没有人可以装出来的，也不是凭一时的冲动可以成功的。

我反感的不是谁干什么，而是谁想干什么却没有勇气、没有力量、没有毅力追求到底，人不是一个模子做出来的，更不必按一个模式去发展。在社会里，每个人追求自己想做的、感兴趣的事，这个社会才能得到发展。

凭着毅力、坚韧，也是凭着对事业的热恋，支撑着她跋涉在求学路上。

人类对自身了解的进程，比起人类进化的历程看来还要艰难得多，譬如生命的奥秘，仍然在不解之中。记得《左传》曾记载着：上寿120岁，中寿100岁，下寿80岁，即所谓"三寿"。这是中国历史上最早预见人类寿命的一个记载。然而，事实上达到这个理想境界的人并不多，为什么？这里，首先有个遗传密码制约因素，就是今天讲的DNA。女儿就是与这个DNA结缘的人。虽然人类基因密码已经解密，如何控制基因不致于向坏的方面转变，如何使坏的基因转好，这是制服癌细胞的绝妙办法。这就需要研究蛋白质的结构与功能，这就是女儿目前研究的课题。每当朋友患上癌症时，看到他们在无助和期待之中，我往往会想到女儿研究的课题，希望着明天能有所突破，于是我总是想起雪莱那首写于1821年的诗：

> 你在哪儿，可爱的明天？
> 无论贫富，也无论老少，
> 我们透过忧伤和欢喜，
> 总在寻求你甜蜜的笑。

记得这首诗，因于对明天的憧憬。在雪莱的那个时代，对于"明天"有着一种与现代人全然不同的感受。对于他来说，"明天"是一桩难在有生之年看到的遥远的事情，于是有了憧憬的乐趣。然而现在，人们忽然发现，"今天"与"明天"的界限正在渐渐消失，许多关于"明天"的想象，几乎可以在今天探测和预见，于是有了参与的乐趣，于是我希望看到癌症被征服的明天。

女儿在美国12个年头了，这12年的点点滴滴值得回忆的很多很多，每当读着女儿一封封来信，有时泪水会不自觉地流出，今天在整理这些信件时，再一次读着，仍会心酸。现在不单把它献给将要出国留学的年青人，也献给所有那些对知识有着执着追求的人，因为这一切都是最真实，最原生态的"追求档案"。

女儿说过：

　　我没想得到什么，只是想踏踏实实一步一步地在实验室耕耘，以后会怎么样，谁知道呢？"

女儿明天会怎么样呢？也许这辈子"嫁"给实验室了。

记得黑格尔曾说过，人生的价值，不在于索取多少，而在于他付出多少。想着这句话，我安慰了许多。

单子恩

2004.10